汐見夏衛

臆病な僕らは
今日も震えながら

実業之日本社

JN036660

実業之日本社文庫

目次

臆病な僕らは今日も震えながら

1

目映い虹色の世界

＊

じっと見つめる足もとに、虹色の花が咲いている。

七枚の花びらはそれぞれ色がちがっていて、赤、橙《だいだい》、黄、緑、青、藍《あい》、紫の七色の花びらが、円を描くように肩を寄せあっていた。

草原の真ん中に座りこむわたしの周りは、無数の虹の花で埋めつくされている。

花の蜜の香りに引き寄せられたように、一匹の蜜蜂がやってきた。その身体《からだ》は黄色と黒ではなく、七色の縞《しま》模様だ。

ぶうん、と羽音を立てながら、美味《おい》しい蜜をもつ花を見つくろうように、あちこちへ飛びまわっている。

わたしはゆっくりと立ち上がり、目的もなく歩きだした。

こつん、とつま先に軽い衝撃を感じて視線を落とした先に、半透明の石が落ちていた。

手の中にすっぽりとおさまるほどの大きさのそれを拾い上げ、そっと手のひらにのせて、太陽の光に透かすようにゆっくりと動かす。明るく照らされた石が虹色の光を放った。

虹色の石を地面に置き、また歩きはじめる。

しばらく行ったところに、向日葵《ひまわり》によく似た巨大な虹色の花が群れ咲いていた。そばに立つと、見上げるほど背が高い。三メートル近くあるかもしれない。それが何十本、何百本もそびえたつように生えているので、まるで小さな林のようだった。

地面に近づくほど大きくなる葉は、人の頭よりも大きく、雨宿りができそうなくらいだ。

そして、太い茎の先端に咲く花は、形は向日葵とおなじだけれど、その花びらは黄色ではなく、一枚一枚が、外側が赤、内側が紫の、虹色のグラデーションになっている。

まるで頭上に円形の虹がたくさん咲いているようで、ため息が出るほど美しかった。しばらく見惚《みと》れる。

虹色の向日葵の並木道を抜けてしばらく歩くと、一本の大きな木があった。深い緑色に生いしげる葉と、それらを押し隠してしまいそうなほどたわわに実った、林檎《りんご》のような果実。

つやつやとした果実の表面は赤でも緑でもなく、鮮やかな虹色だった。蜜蜂とおなじような虹色の縞模様。外国のお菓子みたいにカラフルで美味しそうで、なんだかお腹《なか》が空《す》いてくる。

ぼんやりと見つめていると、視界の端でなにかが動いた。目を向けると、揚羽蝶《あげはちょう》がひらひら宙を舞っている。虹色の羽根の動きにあわせて、虹色の鱗粉《りんぷん》がきらきらと降ってくる。

鱗粉の雪に全身を包まれながら空を見上げると、白っぽい虹色の雲がぷかぷか浮かんでいた。

その下を、七羽の鳥が飛んでいく。赤い鳥、橙の鳥、黄色い鳥、緑の鳥、青い鳥、藍色の鳥、紫の鳥。横並びの列になって、ゆったりと羽ばたきながら空を横切っていく。飛び去る鳥たちの、虹色の残像。

しばらく見ていると、だんだん雲が濃く重たくなってきた。

すぐに雨が降ってくる。水滴はどれも虹色に輝いていた。

雨が上がる。厚い雲が切れて、太陽が顔を出した。空が、ぱあっと明るくなる。

虹色の光が降り注ぐ。足もとの虹の花についた虹色の雨の雫《しずく》が、光を反射して宝石のように輝きだした。

再び目を上げると、大きな大きな虹が、空に架かっていた。世界をまるごと包みこもうとするかのように、空の端から端まで覆い尽くしている。

見渡すかぎり、どこもかしこも虹色でいっぱいだ。

目映《まばゆ》い虹色の世界の真ん中で、虹色にきらめく命に囲まれて、わたしはゆっくりと深呼吸をする。

＊

「またこの夢か……」

そうつぶやいた自分の声で、目が覚めた。

じっと毛布にくるまったまま、薄暗い部屋の片隅でゆっくりと瞬きをする。

幼いころから何度も何度も、繰り返し見ている夢だった。

虹色の草原で、虹色の生きものたちに出会う夢。

虹色の雪原で、虹色の雪が降る中に佇《たたず》んでいる夢。

虹色の砂漠で、虹色のオアシスのほとりに座って、虹色の月を見上げている夢。

虹色の街で、虹色の髪に虹色の服をまとった人々にまぎれて、虹色の電車に乗りこむ夢。

虹色の雲の上で、虹色の光を浴びながら、虹色の翼をもった天使に手を引かれて、空を飛ぶ夢。

虹色の海の底で、虹色の熱帯魚や人魚といっしょに、虹色の海草や珊瑚《さんご》の間をすり抜けながら泳ぐ夢。

場所も、風景も、出てくる生きものや植物も、いろいろ。

でも、とにかく、すべてが虹色の世界にいる夢だ。

虹色の夢、とわたしは心の中で呼んでいる。べつにだれに話して聞かせることもないけれど。

どうしてこんな夢を見るのかわからないけれど、その虹色の世界はとにかく美しくて、なんだかとてもあたたかくて、優しくて、いつも不思議と『帰ってきた』という気持ちになる。

わたしはゆっくりとベッドから這《は》いだして、窓辺に立ちカーテンを細く開けた。

ひやりとした冷気が、窓ガラスごしにつたわってくる。

優しい虹色で満たされた夢の世界とはうらはらに、現実世界はどんよりと薄暗い灰色に染まっていた。

冬の空はどうしてこんなに暗いんだろう。夜が明けて朝になっても、真っ昼間でも、どことなく暗いような気がする。空には灰色の雲が立ちこめ、街の景色も灰色に沈んでいる。

これがわたしの現実だ。まぎれもない、逃れようもない現実。

しばらくぼんやりと窓の外を眺めていたら、いきなり背後でドアの開く音がした。

「わっ、なに、起きてるじゃん」

ノックもなくドアを開けた上に遠慮なく部屋の中に入ってきたのは、お姉ちゃんだ。

「もう。起きてるなら、さっさと下りてきなよ。朝ごはんできてるよ」

「あ……うん」

わたしは目を泳がせながら答える。

「もう、ほんっとのんびりしてるんだから。それに、朝っぱらから元気のかけらもない暗い顔だし」

「……ごめんなさい」

また小言か、と思いつつ、わたしは小さく頭を下げた。

「ほら、またそうやってすぐ謝る。なんでも謝ればいいってもんじゃないんだから」

お姉ちゃんがため息まじりに言う。

「もちろん気が強けりゃいいってわけじゃないし、控えめとか謙虚とかって言えば聞こえはいいかもしれないけど、あんまり気が弱いと、損するのは自分だよ？　わかる？」

「……」

「ほんと、いったいだれに似たんだかね。お父さんはたしかにおしゃべりなほうじゃないけど、ちゃんと人の目を見て普通に会話できるし、自分の考えはちゃんと主張する人だし。お母さんだっていつも元気いっぱいで溌剌《はつらつ》って感じの人だったんだよ？　きららはおぼえてないだろうけど」

あたりまえじゃん、と口ごたえしたい気持ちを必死に抑えこんだ。

おぼえていなくて当然だ。お母さんが死んだとき、わたしはまだ生まれたばかりの赤ちゃんだったんだから、おぼえているわけがない。

わたしの頭の中にはお母さんの断片的な記憶さえなく、おもかげすら残っていない。

それなのに、お姉ちゃんはいちいち『おぼえてないだろうけど』だとか『知らないと思うけど』だとか、わざとらしい前置きをして、お母さんの話をする。

お母さんのことをおぼえているのが、そんなに誇らしいのだろうか。いくらなんでも、いやみすぎると思う。

でも、わたしは、なにも言えない。

お父さんに似て勉強もスポーツもよくできて、リーダーシップがあってみんなから頼られて、だれもがすごいと驚き褒めたたえるような大学に通っているお姉ちゃんに対して、勉強はがんばってもそこそこ、運動は大の苦手で、人望もなく友達もいないわたしが、口ごたえなんてできるわけがないのだ。

「ほら、早く支度しな」

黙りこくったわたしに、お姉ちゃんが早口に言う。たぶんわたしの鈍くささにいらいらしているのだろう。いつものことだ。

「お父さんが下で待ってるよ。お父さん毎日忙しいのに送ってくれてるんだから、遅くなって迷惑かけちゃだめでしょ」

わたしはお姉ちゃんの言葉を遮るように小さく「わかってる」と答え、お姉ちゃんの横をすり抜けて部屋を出た。

それが、わたしにできるせいいっぱいの反抗だった。我ながらしょぼいな、と内心で自分をあざ笑う。

洗面所で顔を洗って寝癖を直し、制服に着替えてリビングに入ろうとしたとき、「ちょっと、きらら!」と自室から出てきたお姉ちゃんに呼ばれた。

「お母さんの部屋、行った？　起きたらまず挨拶でしょ」

「……まだ。今から行く」

「お母さん待ってるよ」

お姉ちゃんは呆《あき》れたようにまたため息をついて、ぱたぱたと廊下を小走りでリビングに入っていった。

その背中に、ごめんなさい、と小さく声をかける。たぶん聞こえていないだろう。

そもそも聞かせるつもりもない。

「ごめんなさい」はわたしの口癖だ。わたしは優柔不断で引っこみ思案でとろくて、相手をいらいらさせてしまうことが多いから、せめて怒らせるまえに謝っておけばすこしはましになるだろう、と考えてそうしていたら、いつしか家でも学校でも無意識に、反射的に「ごめんなさい」と口にするようになってしまっていた。たぶん一日に十回以上言っていると思う。

和室に入り、仏壇のまえの座布団の上に正座する。

わたしの家では、最低でも一日三回は、お母さんに手をあわせる決まりになっている。朝起きたらまず「おはよう、行ってきます」、家に帰ってきたときに「ただいま」、そして寝るまえに「おやすみなさい」と挨拶をするのだ。物心ついたときからずっとそうしてきた。

わたしは自分の膝を見つめていた目をすこし上げた。そこにあるのは、お母さんの遺影。

毎日毎日見ているのに、いまだにこの人が母親だというちゃんとした実感はない。というか、母親というものがどういう存在なのか、その感覚がわからない。母親がいた記憶がないのだから当然だ。

写真の中でにっこりしている明るい笑顔は、お姉ちゃんによく似ていた。とくに目もとがそっくりだ。

親戚が集まったときも、いつもお姉ちゃんはおじさんおばさんたちに囲まれて、

『お母さんに瓜ふたつね』
『どんどん似てくるなあ』
『ひかるちゃんによく似て美人さんだね』
『まるでひかるちゃんが戻ってきたみたいだ』
などと、懐かしそうな顔で話しかけられている。お姉ちゃんはいつも嬉《うれ》しそうに笑って、ありがとうございますと答える。

でもわたしには、だれも、お母さんに似ているなんて言わない。

もちろん自分でも、客観的に見てまったく似ていないと思う。お母さんもお姉ちゃんも、きれいに整った華やかな顔立ちをしている。一方わたしは、何度見てもおぼえられないような、特徴がなくて印象に残らない、ぼんやりとした顔だ。

だからこんなにも、遺影の中のこの女の人のことを、母親だと思えないのかもしれない。だれが見てもあきらかに似ている部分が、せめてひとつでもあれば、わたしはこの人の娘なんだ、この人から生まれたんだ、と思えるのかもしれないけれど。

わたしが仏壇に手をあわせるのを忘れたり遅くなったりすると、お姉ちゃんはいつも、『お母さん待ってるよ』と言う。

でもお母さんは、きっとお姉ちゃんのことは待っているけれど、わたしのことは待っていないと思う。

だって、お姉ちゃんは約六年間お母さんの手で育てられて、その時間のぶんの絆と愛情がある。

それに対してわたしはたったの半年間だし、しかもその間お母さんはずっと入院していたのだから、いっしょに暮らしたわけでも、世話をしてもらったわけでもない。お母さんからしたらわたしに対する思い入れもないだろう。

だからきっと、お母さんは、わたしのことなんて待っていない。

＊

「さくら、就活はどうだ」

リビングに行くと、ソファで新聞を読みながらコーヒーを飲んでいたお父さんが、ダイニングテーブルで食パンを頬張るお姉ちゃんにたずねているところだった。

お姉ちゃんは今年大学三年生で、年明けから本格化するという就職活動のために、すでに下調べや準備をはじめているらしい。

「順調にいってるか？」

「うん、まあまあかな。就活サイトに登録して、いろんな業種とか職種とか調べて、企業のホームページとかも見て、だいたい志望は絞れてきた」

「そうか」

こくりとうなずいたお父さんは、そこでわたしに気がついたのか、ふいにこちらを見た。

「ああ、おはよう、きらら」

わたしが「おはよう」と答えると、お父さんはうなずき、それからまたお姉ちゃんに視線を戻した。わたしは黙ってキッチンに入り、冷蔵庫からとりだした牛乳をカップに注ぐ。

「しっかり頑張ってるみたいだな」

お父さんが満足げに言うと、お姉ちゃんは「まあね」と笑う。

お姉ちゃんはしっかり者で、要領もよく、なんでもそつなくこなす。

だから、お父さんがお姉ちゃんには大いに期待していて、大学での授業や就活についてもよく質問するのに対して、わたしには高校で友達はできたかとか部活はどうするだとか、勉強や進路に関わらないことしか訊《き》いてこないのは当然だろう。

「エントリーは最低二十社くらいはしとくつもり。できれば三十は。エントリーシート書くのはたいへんだけどね……でも志望の会社に受かるとはかぎらないし、それに、いろんな会社の中を見ておきたいしね」

「ああ、そうだな。さくらならよっぽどのことがなければ大丈夫だと思うが、履歴書はなるべく多く送っておいたほうがいい」

「だよね。とにかく人生かかってるし、できるかぎり頑張るよ。……あ、やばい、ゼミに遅れちゃう」

お姉ちゃんはばたばたとキッチンに行き食器をシンクに置いて、またダイニングに戻ってくると、トートバッグからポーチをとりだして化粧の仕上げをはじめた。

そのポーチを、わたしはじっと見つめる。

お姉ちゃんはいまだに、幼稚園のころからもっているポーチを使っていた。もう生地がぼろぼろになって毛羽立っていて、その上、もとはピンク色だったらしいけれど、今はもうすっかり色褪《いろあ》せて、薄いベージュ色みたいになっている。ファスナーが何度も壊れて、そのたびに新しいものに付け替えている。普通に考えて、もう寿命だ。それでもやっぱり手放す気はないらしい。

たぶん、お母さんが買ってくれたものだから。

お姉ちゃんは今でも、お母さんがくれたものを大事にしている。着せ替え人形やぬいぐるみ、色鉛筆やシール帳など、もう使わないものまで大切にとってあって、ときどき眺めている。

でも、わたしには、お母さんからもらったものなんて、ひとつもない。

もともと身体の弱かったお母さんは、わたしを妊娠しているときから体調を崩しがちで入退院を繰り返し、産後も体調は回復せずにずっと病院生活で、ほとんど寝たきり状態のまま、わたしが生後半年のころに病死した、らしい。もちろんわたし自身はなんにもおぼえていないので、家族や親戚から聞かされた話だけれど。

そんなことを考えながら、お姉ちゃんのポーチをぼんやり眺める。

消えかけの『おがたさくら』という文字。お姉ちゃんの名前が、黒いマジックペンで丁寧に書かれている。お母さんの筆跡。

家の中には、ところどころにお母さんの書いた文字が残っている。

電話帳に書かれたいろいろな人の名前や住所。

本棚の奥にしまいこまれている古いカレンダーに書きこまれた、お姉ちゃんの幼稚園の行事や、お父さんの出張予定のメモ。

家電などの取扱説明書がまとめられているファイルの見出し。

たぶんお父さんは、わざと、そういったもう使わないものを残しているのだろう。お母さんの思い出の品として。

でも、どこにも、わたしはいない。

わたしの子どものころのもちものに書いてある『おがたきらら』という名前は、当然ながらどれもお父さんの字だった。お母さんはきっと、わたしの名前を書くことのないままこの世を去ったんだろうな、と思う。もしかしたらわたしを呼ぶこともなかったかもしれない。へたをするとわたしの名前を認識していなかった可能性すらあるんじゃないか。それではさすがにわたしが憐《あわ》れすぎるから、だれも本当のことを言わないだけで。

気持ちがどんどん暗い方向へと落ちこんでいくので、わたしは軽く首を振って、お母さんについての思考を頭の中から追いやる。

袋からとりだした食パンをトースターで軽く焼き、ダイニングに戻ってお姉ちゃんの斜向かいの席に座った。プレートにのせられた目玉焼きとベーコンをトーストにのせて、もそもそと食べる。

その間も、お父さんとお姉ちゃんはなにか話をしていた。

しばらくして化粧を終えたお姉ちゃんは、さっと席を立った。

「じゃあ、行ってきます」

お姉ちゃんがリビングのドアのまえで振り向いて、こちらに向かってそう言う。

お父さんが「行ってらっしゃい、気をつけて」と応じた。

わたしはごはんを食べるのに夢中で気づかないふりをする。なんとなく今日は、素直にお姉ちゃんに「行ってらっしゃい」と言う気になれなかった。

すると、お父さんが「きらら」と声を上げた。視線をやると、まっすぐにこちらを見ている。

「ちゃんとさくらに、行ってらっしゃいを言いなさい」

「……はい」

わたしはうなずいて、お姉ちゃんに「行ってらっしゃい」と声をかける。目はうまくあわせられなかった。

お姉ちゃんは「行ってきます」と答えてから、さとすような口調で、

「大事なことだよ」

とつづけた。

「行ってらっしゃい、行ってきます、ただいま、おかえり、おはよう、おやすみ、

ありがとう、どういたしまして」

指折り数えながら、そう言う。

「どんなときでも、挨拶だけは、ちゃんとすること」

お姉ちゃんの言葉に、お父さんが深々とうなずく。

「ああ、そうだよ。家族みんなが、お互いに元気で、無事でいるからこそ、言うことができるんだからね。お母さんはそういうことをとても大切にする人だったんだよ」

「うん、そうだよね。家族と毎日それを言いあえるのは、とても幸せなこと、だから絶対に忘れちゃいけないよって、お母さん、いっつも言ってたもんね」

お父さんとお姉ちゃんは、おだやかな微笑《ほほえ》みを浮かべながら、懐かしそうに語りあう。

またお母さんの話。わたしはふたりの視界の外でひっそりと唇を噛《か》む。

お父さんとお姉ちゃんは、よくお母さんの話をする。

『いつもにこにこしてたよね』

『そうだな。入院してるときも、身体がつらいだろうに、ずっと明るい笑顔を絶やさずに……』

『お笑い番組を見て、よくお腹を抱えて笑ってたね』

『ああ。父さんはあの笑顔に惚《ほ》れたんだ』

『几帳面《きちょうめん》で、靴とか洗濯ものとか、冷蔵庫の中とか、なんでもきっちりそろえて並べてたの、すごくおぼえてる』

『そのわりにちょっと抜けてて、よく買い忘れをして慌てて近所のコンビニに走ったりしてたよ』

楽しそうに、愛《いと》おしげに、お母さんの思い出話をする。

もちろんわたしは、その輪の中に入れない。

だってわたしは、お母さんを知らない。たとえ知りたくても、もう知れない。だから聞きたくない。どうせわたしには、お母さんのことは永遠にわからないんだから。

それなのに、ふたりは、まるで当てつけみたいにわたしのまえでお母さんの話をする。わたしが話に加われないとわかっているのに、わざと話を聞かせてくる。

どういうつもりなんだろう。わたしを仲間はずれにして楽しいのだろうか。

わたしはいたたまれない気持ちでうつむいたまま、「うん、わかった、気をつける」とうなずく。それから大急ぎで朝食を口の中に押しこんだ。味はよくわからなかった。

＊

高校に通うのに使っている私鉄の駅までは、途中にいくつもの坂や大きな道路があって、徒歩だと三十分以上かかってしまう。バスは通っているけれど、行きの電車にちょうどいい時間のバスがない。

なので、朝は毎日お父さんの車で最寄《もよ》り駅まで送ってもらっている。帰りはたいてい時間があわないので、バスを使っていた。

お姉ちゃんが高校に通っていたころも、お父さんは毎朝車で送ってあげていた。そのころはきっとふたりで楽しい会話に花を咲かせていたのだろう。

でも、わたしはお姉ちゃんとちがってなにも話題を思いつかないので、車の中では寝たふりをしたり、朝テストの勉強をしたりして、沈黙の気まずさをまぎらせていた。

「今日の晩ごはんはなにがいい？」

ハンドルを両手でしっかりと握りしめ、前方を向いたままお父さんがふいに言った。

「なんでもいいよ」

「そうか」

短いわたしの答えに、お父さんも短く答える。

お父さんが晩ごはんをつくる日は、たいていこの会話をする。きっと沈黙が気詰まりで、なにか話そうとして、でも話題がなくて献立の話をするのだろう。

お父さんはわたしといるときは無口だ。お姉ちゃんといるときはよくしゃべっているのに。

お母さんのいない我が家では、毎日の家事は当番制になっている。朝食兼お弁当当番、夕食当番、お風呂と洗濯当番。掃除は週末にまとめて、それぞれの担当場所を各自で済ませる。

わたしが小さいころはお父さんとお姉ちゃんのふたりでやっていた。たぶんお母さんが死んだばかりのころはお父さんがぜんぶひとりでやっていたのだろう。わたしはまったくおぼえていないけれど。

わたしが小学生になったころからすこしずつ三人での分担に変わっていった。はじめこそわたしがうまくできなかったり忘れてしまったりでばたばたする日もあったけれど、十年近く経《た》った今ではとくになんの問題も起こらず、淡々と毎日がすぎていく。

なんの変化もない日々が、淡々とすぎていく。

わたしは単語帳をめくっていた手を止め、窓の外に目を向けた。灰色の雲が薄く垂れこめる空。街路樹のくすんだ緑。

道行く人はみんな、寒そうに肩を縮めている。十二月に入ってから、一気に寒さが本格的になってきた。

期末試験は先週終わった。今週はテストの返却と復習がメインで、来週は消化試合のような授業がつづき、そうしたらもう冬休みだ。

長期休暇はあまり好きではない。

学校に行かなくていいのは助かるけれど、かといって毎日家ですごさないといけないのは憂鬱《ゆううつ》だ。

部活にはいちおう所属しているけれど、まったく活動していない廃部寸前の文化部で、部室にはいつも部員だかなんだかわからない先輩たちがたむろしていて近寄りがたいので、わたしはまったく顔を出していない。

一年生は補習もないし、学校外で会うような友達のいないわたしには遊ぶ予定もないし、夏休みや冬休みは家から出る理由がないのだ。

学校に行くのも憂鬱、家にいるのも憂鬱。

自分でもわがままだなと思うけれど、本当に憂鬱なんだからしかたがない。

*

学校について靴を履き替え、騒がしい廊下を教室に向かって歩く。

みんな朝から笑顔で、大声で、楽しそうに友達としゃべっている。その間を縫うように、わたしはうつむいたまま歩く。

教室に入ろうとすると、廊下に女子が数人集まって、入り口のドアのまえできゃっきゃと笑いながらはしゃいでいた。クラスの一軍集団の女子たちだ。

なにをそんなに騒いでいるんだろう、と見てみると、どうやら動画を撮っているらしい。とくに目立つ容姿をしたふたりが、音楽にあわせて満面の笑みでダンスをする様子を、グループの女子にスマホで撮影してもらっている。たぶん動画サイトに投稿するのだろう。

廊下のロッカーの上に置かれたスマホのスピーカーから大音量で流れてくるのは、今年SNSで話題になって人気に火がついた流行《はや》りの曲だ。彼女たちは明るく軽快なメロディーにあわせてぴょんぴょん飛び跳ねたり、かわいらしく小首をかしげたり、手をひらひらさせたり、くるりとまわったり、笑顔でスマホカメラのレンズだけを見つめて迷いなく踊っている。ずいぶん練習したんだろうな、と思う。

腰のあたりまであるストレートの長い髪が、動きにあわせて派手になびく。ふともまで見える短いスカートのすそがちらちらと揺れて、今にも下着が見えそうで、なぜだかわたしのほうがすこしはらはらした。

ひまつぶしに動画サイトを見ているときに、見知らぬきれいな女の子が音楽にのってダンスをする映像などが流れてくると、かわいいなとかすてきだなとかわたしも思うことはあるけれど、もちろん自分が踊ったり撮ったりすることはない。たぶんこれからも一生ない。絶対にない。

だって、こういうのは、自分の容姿に自信がある人の特権だ。

もともとの顔立ちがよくて、スタイルもよくて、メイクや髪の手入れもばっちりできている。そしてなにより、他人から見られることや一方的に評価されることに抵抗がない。

そういう、恵まれた容姿とぶれない心をもっている人しか、不特定多数の人たちに自分の顔や踊る姿を公開することはできない。

彼女たちとわたしは、人種がちがう。

おなじ制服を着て、おなじ学校に通って、おなじ学年のおなじクラスに所属して、おなじ教室で肩を並べて、おなじ先生のおなじ授業を、おなじ時間に受けているけれど、それは偶然以外のなにものでもなく、たまたまおなじ高校に通っていること以外、なにひとつ共通点などない。

卒業したら、きっと二度と関わることはないだろう。もちろん、学校の中でもほとんど関わらないけれど。

そんなことを考えていたせいか、教室の中に入るためにドアをくぐろうとしたとき、こちらへ近づいてくる影に気がつかなかった。

いきなり真横からぶつかられて、心も身体も準備ができていなかったわたしは、「わっ」と小さく声を上げながらよろめいた。

なんとか壁に手をついて体勢を整えたので、転ばずにはすむ。

驚きのまま目を上げると、ダンス動画を撮影していた中のひとり、大木《おおき》花梨奈《かりな》という女子がそこにいた。一軍グループの中心人物だ。

「あ、ごめん……」

反射的に謝ったけれど、彼女はカメラに笑顔を向けたまま踊りつづけ、わたしには目もくれない。

一瞬、まるで自分が、ドラマや漫画に出てくる『自分が幽霊になったことを自覚していない人』になったような錯覚におちいった。もうとっくに死んでいるのに、生きていると思いこんで、今までと同じようにふるまっている哀れなキャラクター。

でも、こんなことはわたしにとっては日常茶飯事なので、べつに気にもならない。どうせわたしなんて、家でも学校でも、空気みたいなものなのだ。だれからも注目されないし、注意も払われない。

お姉ちゃんのような、大木さんのような、つねに物語の主役になるような人とはちがって、とるにたらない脇役なのだから。

ひとくちに脇役と言っても、その中にはもちろんランクがある。

名バイプレイヤーと言われるような俳優さんが演じる個性豊かで味のある脇役や、

主役ではないものの物語に欠かせないエッセンスになるような重要な役から、べつにいてもいなくても物語の進行にも展開にもまったく影響のない、エキストラが演じるような名無しの脇役。

もちろん、わたしは後者だ。

透明人間のわたしは、華やかな彼女たちの撮影の邪魔にならないように、身体を横に向けてカメラから外れ、こそこそと教室に入った。

*

五時間目の授業が終わったあとのホームルームで、三学期に行われるステージ発表会の役決めが行われた。

うちの高校は、文化祭がない。その代わりに、五月末に展示発表会、一月末にステージ発表会がある。

展示発表会では各クラスで調べ学習をしたものを模造紙にまとめて展示したり、

教室内でできるイベントをしたりした。

そしてステージ発表会では、体育館の舞台上で、各クラス十分以内で、演劇やダンスなどを披露するらしい。

うちのクラスは、シンデレラを現代版にアレンジした劇をやることになっていた。たしか、いじめられっ子の消極的な女子が、学園の王子様と呼ばれている男子に見初められて、外見も内面も磨かれて、自信をもてるようになって、王子様と結ばれるというストーリー。

そんな、非現実的な、リアルでは決してありえない話。

だって、『磨けば光る』のは、宝石の原石だけだ。道端の石ころは、どんなに洗っても磨いても、永遠にだれからも見向きもされない石ころのまま。

「まずは王子様役から決めます」

クラス委員が教壇に立って言うと、みんながそわそわしたように周りを見まわしはじめた。

「立候補でも、推薦でも」

するとすぐに、バスケ部のエースと言われている男子の名前が挙がった。わたしですら『たぶんあの人になるだろうな』と思っていたくらい、容姿も人気も群を抜いている男子だ。

さすがにほかの立候補や推薦の声はなくて、すぐに彼に決定した。

「じゃあ、次はシンデレラ役」

またクラスがざわつく。

「えー、だれがいいかなあ」

ひときわ大きな声で言ったのは、大木さんだった。

彼女はちらちらと周りを見ながら、

「シンデレラ役がぴったりの人ってだれだろ？」

とよく通る声で言う。

自分の名前を出してほしいんだろうな、とわたしは思った。

彼女はいつだって自分が中心にいないと気がすまないタイプだ。なるべく端っこにいて目立たずにいたいと考えるわたしとは正反対。

「小野《おの》さんじゃない？」

「伊藤《いとう》ちゃんとか」

「ミカちゃん！」

クラス内でかわいいと言われている数人の名前が挙がると、大木さんの顔が明らかに不満げになった。

するど、彼女の取り巻きのひとりが「はい」と手を挙げる。

「花梨奈がやったら？」

とたんに大木さんは笑顔になり、でも「ええー」とこまったように首をかしげる。

「無理だよお、わたしなんて！」

大木さんの仲良し以外は、白けたように小さく笑う。

微妙に空気が悪くなったのを察したのか、彼女は突然、「あっ」と手を叩《たた》いた。

「そういえば、いるじゃん！　お姫様にぴったりな名前の人」

その言葉を聞いた瞬間、いやな予感がした。したけれど、なにもできない。

「きららちゃん！」

ああ、やっぱり、とわたしが硬直したまま心の中でうなだれるのと同時に、教室のあちこちからどっと笑い声が上がった。

「ないない、それはない！」

「無茶振りすんなよ、可哀想《かわいそう》だろー」

にやにや笑いを浮かべたたくさんの顔が、こちらを見ている。

わたしは机に突っ伏して顔を隠したくなったけれど、そんなことをしたら、さらに悪い事態になることは経験上わかっていたから、必死に顔を上げていた。

それから、なんとか笑みを貼りつける。

「あは……あはは」

笑う。それだけ。『じゃあわたしがやります』なんて言うわけがないし、かといって『無理だよ』なんて答えたら、逆に自意識過剰だと思われて、『なに真に受けてんだよ』とドン引きされて、痛い目に遭う。

わたしがシンデレラなんてやれるわけがない、名前が挙がったのはただの冗談、ノリだとちゃんとわきまえていることを、態度で示さなくてはならないのだ。

「ええー、きららちゃん、いいと思うけどな」

大木さんが明るい笑顔で言う。

「いかにもお姫様って名前じゃん。メイクとかちゃんとしたらかわいくなるよ、きっと」

彼女はおそらく、自分がお姫様役をやるための引き立て役として、わたしに白羽の矢を立てたのだ。わたしを落として、自分を上げるため。

わたしと比べれば、だれだってお姫様役にふさわしい。

「あはは……」

わたしがまたつくり笑いをすると、大木さんは満足げにまえに向き直り、

「緒方《おがた》さんやりたくないみたいだから、わたしやろうかなー。無理にやらせるの可哀想だし」

その言葉で、なんとなく彼女がシンデレラ役に決まった感じになった。

大木花梨奈という名前が黒板に書かれると、もうだれもなにも言わない。ここで反論したり別の名前を挙げたりしたら、面倒なことになるとわかっているのだ。

大木さんはべつに暴力をふるったり暴言を吐いたりするわけではないけれど、どこか逆らってはいけないオーラのようなものをまとっていて、なんというか、強いし、怖い。怒らせたらたいへんなことになりそうだと、本能的に緊張する。

だからクラスのだれもが彼女の機嫌を損ねないように細心の注意を払うし、もちろん面と向かって彼女に文句を言うこともないのだ。

わたしは基本的に空気だけれど、たまにこうやって、クラスに笑いの種をまく役割を課されることがある。

いちばん最初にこの役を果たしたのは、入学式の日、自己紹介の時間でのことだった。

ひとりずつフルネームと出身中学と入りたい部活を言っていき、わたしの順番が

まわってきたとき、

『緒方きらです』

と名乗った瞬間、しいんと空気が固まった。

名前負けにも程があるだろ、とみんなが思っているのが伝わってきた。

だからわたしは、せいいっぱいの困ったような笑みを貼りつけた。

(こんな名前なのに、こんな顔で、すみません。名前負けだというのは自分でもよくわかっています)

という気持ちがみんなに伝わるように、すこし肩をすくめて苦笑いを浮かべた。

数秒後、大木さんがおおげさなくらいの声で弾《はじ》けたように笑い、するとみんなも安心したように笑った。

その瞬間、彼女はクラスの女王様になり、わたしは『自由に好きなように、おもしろおかしくいじって、笑いのネタにしていい存在』として、クラス全員に認知されたのだ。

なるべく目立たずにひっそりと生きていたいわたしにとって、その役割はもちろん嬉しくもなんともないけれど、与えられた役割を拒否するなんてもっとありえないことだった。そんな自我を主張したら、悪目立ちしてしまう。

流れに身を任せて、長いものには巻かれて、なんとか無難に高校生活を乗りきりたい。それだけ。

シンデレラ役は、もちろん大木さんに決まった。彼女は満足げに笑っていた。

わたしは『雑用係』という、だれも手を挙げなかったよくわからない係をやることになった。

2

冬景色の展望台に

＊

翌日は短縮授業だった。

昼すぎに家に帰ると、お姉ちゃんがいた。大学の授業が昼で終わり、これから着替えてアルバイトに行くのだという。

体調をくずした人がいて、どうしても人手が足りなくて、急遽《きゅうきょ》シフトに入ることになったらしい。

相変わらずしっかり者で、まわりから頼りにされているのだろう。

だれからもなにも頼まれたりすることのないわたしとは正反対だ。わたしはだれかに迷惑をかけることはあるけれど、まちがっても頼られることはない。

「七時すぎには帰ってこられると思うけど、戸締まりちゃんとしてね。火のもとも、しっかり気をつけて」

お姉ちゃんはてきぱきと身支度をしながら、まるで子ども相手にさとすようにわたしに言う。

わたしはうん、うん、とうなずき返した。

「あっ、このまえ、洗面所の窓、開いたままになってたよ。わたしが気づいてすぐ閉めたからよかったけど、危ないから気をつけなよ」

それは閉め忘れではなくて、空気の入れ換えのためにすこし開けておこうと思っただけだ。

だけど、次々に飛んでくるお姉ちゃんの言葉には、入りこむ隙間さえ見つけられない。

「あと、洗濯もの、今日は部屋干しのほうがいいかも。夜から雨が降るかもしれないって」

「うん、わかった……」

わたしだって天気予報くらい見てるし。そう思うけれど、口には出さない。

お姉ちゃんのようになんでもうまくできる人から見たら、わたしなんて頼りなくてしかたがないのだろう。だからきっと小言を言わずにはいられないのだ。

わかっているけれど、いちいち細かいことを指摘されたりすると、どうしても苛《いら》立ちがつのってしまう。もちろんそんな不遜な感情を口には出せないから、返事をする声がいつもより低く小さくなるくらいだけれど。

「あ、そうだ、ごはん炊けてるから、お母さんにあげといて」

「うん……」

お姉ちゃんがばたばたと自室に入っていった。

わたしは洗面所で手を洗い、仏間に行く。

家のいちばん奥にあるこの和室は、リビングの暖房器具の熱も届かず、いつもひやっとしている。

冷えきった畳を踏みながら仏壇のまえに行き、置かれている仏飯器《ぶっぱんき》と茶器《ちゃき》をもってキッチンに入った。

朝お供えしたごはんは、表面が乾いて黄色っぽくなっていた。それをべつの皿によけて、食器用洗剤をスポンジに染みこませて洗い、ふきんで水気を拭きとった。

炊飯器の蓋《ふた》を開けると、白い湯気がふわっと立ちのぼる。

熱い湯気がおさまるまですこし待ってから、炊き立てのごはんにしゃもじを差し入れた。軽く混ぜて、真ん中あたりから少量をとって器に盛りつける。新しいお茶も用意して、ごはんとお茶をお盆にのせて仏間に戻る。

いつもの場所に仏飯器と茶器を戻し、高坏《たかつき》に盛られたお菓子の配置を整えた。

蠟燭《ろうそく》に火をつけて線香に炎をうつし、香炉《こうろ》に立てて、手をあわせる。

きっとお父さんとお姉ちゃんは、こうやって仏壇に手をあわせているとき、お母さんと心の声でおしゃべりをしたりしているのだろうと思う。

お姉ちゃんは子どものころ、声に出してお母さんとお話ししていた。その日学校であったことや、友達と話したことや、帰り道で見つけたものについての報告が多かった。きっとお母さんが生きているころもおなじようにおしゃべりをしていたんだろうな、と思ってわたしは見ていた。今はたぶん心の中で会話している。

お父さんも、会社のことやお姉ちゃんのことを話しかけているのだろう。

でも、わたしはなにも話すことがない。知らない人に自分のことを話すのは難しいのとおなじで、わたしにとっては、たしかに血はつながっているはずだけれど記憶のない存在であるお母さんに、どんなことを話せばいいのかわからなかった。

だから、ただ手をあわせて目を閉じているだけ。

お姉ちゃんが「行ってきまーす」と顔を出した。わたしは目を開けてそちらを見て、「行ってらっしゃい」と答える。

お姉ちゃんが出ていくと、とたんに家の中が静まり返った。

エアコンや電気ストーブや、冷蔵庫や時計の針の音が、やけに大きく聞こえる。

となりの家の子どもたちが走りまわる音、外を走る車のエンジン音まで聞こえてくる。

わたしは仏壇に飾られた遺影に目を向けた。

お父さんもお姉ちゃんもいない、わたしひとりで家にいる時間は、なんとなく息が詰まる。お姉ちゃんたちがいるときも気楽ではないけれど、それとはまたべつの圧迫感のようなものを感じる。

お母さんとふたりきり。よく知らない人とふたりきりにされている。そんな感じがした。

自分を産んでくれた人に、血のつながった人に、ずっといっしょに暮らしているお父さんとお姉ちゃんが大切にしている人に、こんな感情を抱いてしまうわたしは、きっとどこか欠陥があるのだろう。

お母さんは、わたしを産んだことを、どう思っているのだろうか。

こんな子なら産まなきゃよかった、と天国で後悔しているかもしれない。

わたしを産まなければきっと、お母さんはまだ生きていた。

お父さんとお母さんとお姉ちゃん、家族三人で、幸せに暮らしていたはずだ。

その様子を思い浮かべてみると、『完璧な幸せな家庭』だと思った。

わたしなんかいなくてもいい。というか、いないほうがいい。

わたしが生まれてこなければ、みんな幸せでいられたはずなのに。

写真立ての中で明るく微笑むお母さんに、『生まれてきてごめんね』と謝った。

＊

「あら、きららちゃん？」

家の中にいるのが気詰まりなので、コンビニにお菓子でも買いにいこうと家を出て、しばらく道を歩いたところで突然うしろから名前を呼ばれた。

振り向くと、近所に住むおばさんが駆け寄ってきた。

「まあまあ、やっぱりきららちゃんよね」

「あ……はい、ご無沙汰してます」

頭を下げると、おばさんはにこにこと笑った。社交性のかたまりみたいな人で、
昔からばったり行きあうと必ず声をかけてくる。

「大きくなったわねえ。きららちゃんはおぼえてないでしょうけど、あなたが赤ちゃんのころ、抱っこしたこともあるのよ。こおんなにちっちゃくて、羽根みたいに軽くて、とってもかわいかったわ」

「あ、はい……」

どう答えればいいか迷ったものの、無難な「ありがとうございます」を選ぶ。

このおばさんは、顔をあわせるびにこの話をする。赤ちゃんのころのことなんてもちろんおぼえていないし、抱っこされたことがあるからといってどう反応すればいいのかわからないので、本当にこまる。

親戚の人でも、おむつを替えたことがあるとか、手をつないで公園まで歩いたことがあるとか、遊園地に連れていったことがあるとか、毎回のように言ってくる人がいるけれど、あれも反応にこまる。

結局いつも「ありがとうございます」と返しているけれど、どうも求められている回答ではないらしく、微妙な顔をされるばかりだった。

お姉ちゃんはそのときどきに、相手の性格やまわりの雰囲気にあわせて、『その節はお世話になりました』と頭を下げたり、『恥ずかしいからやめてくださいよ』とおどけて見せたり、『そのときの写真見たことありますよ』と話を広げてみたり、毎回ちがう答え方をしていた。

でも、わたしにそんな器用なことができるはずもない。

「あら、きららちゃんは西高に通ってるのね。さくらちゃんとはちがう高校にしたのね」

わたしの着ている制服を見て、おばさんが言った。

わたしはへらへら笑って「はい、まあ」と答える。

お姉ちゃんとべつの高校にしたというよりは、学力的におなじ高校には行けなかった、というのが事実だ。

わたしの通う西高校は、中堅の進学校。お姉ちゃんが卒業した北高校は、県内トップクラスの進学校。

お父さんもお姉ちゃんも、わたしに北高校を受けてほしそうだったし、中学の担任の先生も『頑張ればなんとかなるかもしれない』と受験をすすめてきたけれど、冒険して落ちたら元も子もないので、安全圏の西高に願書を出した。

たいした趣味もないし、親しい友達もいないし、家にいても勉強くらいしかすることがないので、要領は悪いけれどそこそこの成績は維持できて、無事に合格できたのでよかった。

「たしか今一年生よね。どう、高校生活には慣れた?」

「はい、まあ」

馬鹿のひとつおぼえみたいに、おなじあいづちばかり繰り返す自分が情けなかった。

「あらそう、よかったわねえ。きっとお母さんも、天国から見て喜んでるわよ」

「……はい」

お母さん、という言葉が出てきたとたんに、心がずしりと重くなる。

「きららちゃんたちのお母さんはねえ、本当に素敵な方だったわよ」

おばさんは、わたしの内心に気づく様子もなく、にこにこしながらつづける。

「いっつも笑顔で、愛情深くて、とっても子ども思いで。よく子どもを連れてお散歩したり、公園で遊んだりしてたのを見かけたわ。本当にいいお母さんだったわねえ」

その、お母さんに大事に思われていた『子ども』、お母さんといっしょに散歩や公園遊びをしていた『子ども』は、あくまでもお姉ちゃんのことで、決してわたしではない。

「さくらちゃんはいい大学に行って将来安泰ですもんね。きららちゃんも頑張らなきゃね」

わたしは小さなごまかし笑いをしつつ、「はい」とうなずく。

でも、次の瞬間、笑みを貼りつけていることさえ難しくなった。

「お母さんが命と引き換えにあなたを産んでくれたんだから……」

息が苦しくなる。

すこしうつむいたまま大きく呼吸したけれど、空気が薄い山の上みたいに、酸素が吸いこめない。苦しい。

わたしは無言で頭を下げ、逃げるようにその場を離れる。どう思われるかなんて、気にする余裕がなかった。

コンビニなどという気分ではなくなり、そのまま家のほうに引き返した。

＊

『お母さんは自分を犠牲にしてあなたを産んだ』

『あなたはお母さんの命と引き換えに生まれてきた』

今まで何度も何度もそう言われてきた。

いちばんいやな言葉だった。

それを言われると、生まれてきたことが申し訳なくてしかたがなくなる。

お母さんは、お姉ちゃんによく似た、明るくてみんなに愛された人気者だった。

そんな人が、わたしを産んで死んでしまった。

お母さんはずっと病気がちで、でもわたしがお腹の中にいる間はあまり治療ができなくて、それでさらに身体が悪くなってしまい、産後すぐに治療を再開したものの、結局身体がもたなくて亡くなってしまったらしい。

わたしは、お母さんの命と引き換えに生まれてくる資格なんてない人間だ。

みんなから大事に思われている人を犠牲にしてまで生まれてきたのに、わたしはこんなにも価値のない人間になってしまった。

お母さんを犠牲にして生まれたのだから、みんなに愛されるような立派な人にならなきゃいけない、と思っていた。でも、いくらがんばっても、わたしはわたしだった。お姉ちゃんみたいにはなれなかった。

きっとみんな、こんな娘に育つとわかっていたら、産まないほうがよかった、と思っているんじゃないだろうか。

わたしがお姉ちゃんみたいにだれから見ても魅力的な人間だったら、お母さんの命が無駄にならなかったと安心してくれるだろうに、わたしはどうしてこんな無価値な人間なんだろう。

学校でも、家でも、まわりに迷惑をかけることはあっても、だれかの役に立ったり、だれかに頼りにされたり、慕われたりすることはない。

いてもいなくてもいい人間。

そんなものを産むために、お母さんは命を懸けたわけじゃないだろうに。

お母さんを知っている人や、きっとお母さん自身も、そう思っているだろう。

『こんな娘なら、産まなきゃよかった』と。

そう考えるのが、いちばんつらかった。

そして、それがわかっているのに、わたしはなんにも変わらないし変われないことも、つらかった。

帰りたくない。

今、お母さんの写真を見たら、申し訳なさすぎて泣きたくなる。

気がつくと、わたしのつま先は、家とは反対方向に向いていた。

うつむいたまま、ゆっくりと坂をのぼっていく。

目的地はない。ただ無心に足を動かした。

坂のてっぺんにくると、両側にあった家々が途切れて、視界が開けた。

そこには、公園があった。

どこか見おぼえがある。たぶん子どものころ、お父さんやお姉ちゃんと何度か来たことがある公園だった。このあたりだったのか、と思う。来た記憶も薄れていたし、どこにあったのかもすっかり忘れていた。

真ん中に広場があり、いくつかの遊具がある。そのまわりには、とり囲むように木が植えられている。ほとんどの木が冬枯れで、枝だけの寒そうな姿をしていた。

真冬で寒いからか、遊んでいる子どもの姿はない。

色褪せた遊具やベンチ、白茶の砂の地面、枯れた木の幹。

ここの景色も、灰色に沈んでいる。

ぼんやりと眺めていると、右端に看板のようなものが立てられていた。

『展望台』

そう書かれている。斜め上をさす矢印が添えられていた。看板の横には、細い階段がある。小さいころは気づかなかった。

この上に『展望台』があるのだろうか。

吸い寄せられるように階段をのぼる。

階段は、灰色のコンクリートでつくられていた。手すりもコンクリートだ。そしてその両側に、くすんだ茶色の枯れ木の並木道。

いつもわたしを取り囲んでいる、無彩色の世界。

階段をのぼりきると、石造りの東屋《あずまや》があって、その先は冬の寒空だった。

展望台は、高台の崖の上だった。

石畳の敷かれた地面を踏みしめるようにゆっくりと歩き、展望台の先端に立った。

転落防止にしては低すぎる腰あたりまでの高さのフェンスに手をのせ、灰色の薄雲の下に広がる灰色の街を見下ろす。

横の木から、真っ黒なカラスが飛び立った。

一瞬空へと飛び上がり、くるりと身を翻して、真下の街へと急降下していく。

展望台の高さを実感する。

――ここから飛んだら、確実に死ねそうだな。

無意識にそう考えている自分に気がつき、ふっと口もとが歪《ゆが》む。

『お母さんが命と引き換えに産んでくれたんだから、自分の命を大事にしなさい』

子どものころから、ことあるごとにお父さんから言われている言葉。道路に飛びだしたり駐車場で走ったりしてしまったときなど、危ないことをしてしまうと絶対に言われた。

わたしの命は重いのだと。お母さんとわたしの、ふたりぶんの命なんだからと。

でも、わたしの命が『重い』のは、わたし自身に価値があるからではなくて、お母さんが命懸けで産んでくれたから、なのだ。

もしもそういう背景がなかったら、わたしの命は重くもなんともないのだ。

そう考えると、わたしにのっかっているお母さんの命が、あまりにも重かった。重荷だった。

わたしは、お母さんの命まで、背負って生きていかなきゃいけないの？

これから一生、『産んでくれたお母さんの命を無駄にしないように』頑張らなきゃいけないの？

重い。苦しい。つらい。

そしてなにより、命懸けで産んでくれた母親に対してそんなふうに思ってしまう自分が、あまりにも薄情で冷酷で、生きる価値なんてない無駄な人間に思えるのが、苦しかった。

ああ、本当に、生まれてこなきゃよかった。

死んだら、楽になるのかな。

もうなにも考えなくていいから、悩まなくていいから、楽になれるよね。

気がついたら、フェンスを握りしめ、ぐっと身を乗りだしていた。

無彩色の世界が、眼下に広がっている。

灰色のわたしの死に場所としては、いちばんふさわしいだろう。

足に力をこめて地面を蹴ろうとした、そのとき。

――かしゃん、からん。

「あっ」

なにか軽いものが落ちて転がるようなかすかな音と、だれかの声が聞こえてきて、心臓が爆発しそうなくらい驚いた。

反射的に身を起こし、フェンスから手を離す。

もしかして見られてしまったのか。飛び降りようとしたと思われて、怒られるかもしれない。

本能的なおびえの中で、うつむいたままそろそろと背後に目を向ける。

すこし離れた石畳の上に、筆が転がっていた。なんでこんなところに、と不思議に思いつつ、身をかがめて拾いあげる。

視線をずらすと、さらに離れたところにも一本落ちていた。数歩歩いてしゃがみこみ、その筆も拾う。

すぐそばにもう一本見つけて、かがんだまま動いて手にとった。

そして、目を上げた瞬間。

視界に鮮やかな色彩が広がった。

赤、橙、黄、緑、青、藍、紫。

思わず目を細めたくなるほど眩《まぶ》しい七色。

わたしは呼吸も瞬《まばた》きも忘れて、じっと見つめる。

それは、虹色の絵だった。一メートルほどもありそうな大きなキャンバスに、丁寧な筆致で細かく描かれた絵。

虹色のトビウオが跳んでいる虹色の海面。そして下のほうに、虹色の海草や珊瑚に彩られた虹色の砂の海底。

その間は淡い虹色の海水で満たされていて、虹色の小魚は大群をなして、虹色の鯨《くじら》はゆったりと、虹色のくらげたちはふわふわと、思い思いの姿で自由に泳いでいる。

虹色の魚たちの身体から剝《は》がれ落ちたたくさんの虹色の鱗《うろこ》が、海の底に向かって、虹色の星の雨のようにきらきらと降り注いでいる。

息をのむほど美しい、幻想的な海の世界。

——知っている。わたしはこれを知っている。

いつも夢に見る、虹色の海の世界だ。

ばくばく暴れる胸の鼓動を感じながら、わたしはそろりと視線を動かす。

キャンバスのまえには、男の子がいた。

薄い青色のコートに、紺色のジーンズ姿の、高校生くらいの男の子。

わたしはまっすぐに展望台の先を目指して歩いてきたので、隅っこで絵を描いている彼にまったく気づかなかったのだ。

彼は、どうやら絵筆をケースごと落としてしまったようで、上半身をかがめて、足もとに散らばった数本を拾い集めている。

わたしは筆を握りしめたまま立ち尽くしていたものの、なんとか勇気を振り絞り、意を決して口を開いた。

「……あっ、あの」

人見知りのわたしは、自分から他人に話しかけることはほとんどない。緊張のあまり、声が震えてしまう。

急に話しかけたせいか、彼がひどく驚いたように振り向いた。

色白の肌に、こぼれ落ちそうなほど大きな瞳が印象的な、とてもきれいな男の子だ。

「すみません、これも……あなたのですか」

震える声のまま、手を突きだして筆を見せる。

すると彼は「あっ」と目をまんまるに見開いて、ぴっと姿勢を正した。動きにあわせて、癖のないまっすぐな髪がさらさらと音を立てそうに揺れた。

「そうです、僕のです。すみません、ありがとうございます」

「いえ……」

知らない人を真正面から見るのは苦手だ。微妙に顔をそむけて目が合わないようにしつつ、筆を差しだす。

彼がわたしの手からそっと筆をとった。

「助かりました、本当に。ご丁寧にありがとうございました」

視界の端で、彼が人のよさそうな笑顔で言い、深々と頭を下げる。わたしは目を逸《そ》らしたまま「いえ」と返した。

彼は軽く会釈をして身体の向きを変え、キャンバスの前にあるベンチに腰かけた。集めた筆をケースにしまっている。

わたしはうしろ向きに歩いてゆっくりと彼から離れつつも、その絵から、彼から、視線を外せない。

色彩の洪水みたいなパレットから、筆先で絵の具をすくいとり、キャンバスに色をのせていく。

見れば見るほど、そこに描きだされた世界は、わたしの夢の世界とぴったり重なっていた。

まちがいない。やっぱりこの絵は、あの夢の世界の絵だ。

見ず知らずの男の子が、わたしの夢に出てくるのとまったくおなじ景色を、絵に描いている。

「あの」

わたしはふたたび、なけなしの勇気を振り絞った。

「はい？」

彼がまた振り向いて、すこし戸惑ったような顔でわたしを見ている。立ち去ったはずのわたしがまだ近くにいたことに驚いているのだろう。

わたしは彼のまえの絵を指差した。

「その、その絵って……」

「え……？」

彼がキャンバスとわたしの顔を交互に見る。

うまく言葉が出てこない。もともと人と話すのが苦手なのに、初対面の人相手となると、さらに輪をかけて口下手《くちべた》になってしまうのだ。

どうしよう、と視線を泳がせたとき、彼が座るベンチの端に、スケッチブックが置いてあるのが目に入った。

「……それ、見てもいいですか」

気がついたら、そう口にしていた。

どう考えても図々《ずうずう》しいお願いだし、知らない人に絵を見られるなんて不愉快にちがいない。彼からしたらとんでもない不躾《ぶしつけ》な申し出だろう。

そもそもわたしは、こんなふうにはじめて会ったばかりの人に自分から話しかけたり、しかもお願いごとをしたりするなんて、一度もやったことがなかった。ありえないことだった。だって、わたしなんかがなにかを頼んだって断られてしまうに決まっているし、断られたときのショックを味わうのはいやだからだ。

でも、今日は我慢できなかった。

彼の絵を、どうしても見たい。もっと見たい。そして確かめたい。

彼は不思議そうに首をかしげてこちらを見ていたけれど、わたしの必死さが伝わったのか、にこりと笑って「いいですよ」とうなずいた。

「そんなうまくないいんだけど、よかったら、どうぞ」

差しだしてくれたスケッチブックを受けとって、そろそろとページをめくる。

すべて、虹色の絵だった。

虹色の砂漠、虹色の草原、虹色の雪原、虹色の街、虹色の雲の上。

鉛筆で描かれた線画に、色鉛筆で軽く彩色されている。

たぶん、キャンバスに描くものの下書きなのだろう。

でも、それでじゅうぶんだった。すぐにわかった。

やっぱり、彼が描いているのは、わたしの夢に出てくる景色だ。

そう確信した瞬間、知りたい、という強い思いが心の奥底から湧き上がってきた。

今まではただの夢だと思っていたから、そんなことは望みもしなかった。でも、自分以外のだれかが知っている風景ということは、どこかに実在するのだ。
この虹色の場所がどこなのか、知りたい。そして、行きたい。
なにかに衝《つ》き動かされるように、彼に向かって口を開いた。
「これ……あの、ここ、どこですか？」
動揺しているので、しどろもどろになってしまう。
必死に呼吸を落ち着け、キャンバスやスケッチブックの絵を指差して、
「この絵の場所、どこにあるんですか？」
と必死にたずねた。
すると彼は、驚いたように「え？」と目を丸くした。
「いや、あの、ごめんなさい……これは僕の空想というか、夢というか……。
実在の場所の景色じゃないんです」
申し訳なさそうに小さく笑って答えた彼の言葉に、わたしは「え」と息をのむ。
「……夢？」
実在の場所ではなかった、というショックを感じたと同時に、彼の口から『夢』
という言葉が出たことに驚きを隠せなかった。
こんな偶然が、ありうるのだろうか。

震える声で、重ねてたずねる。

「どんな……どんな夢ですか」

彼はまた目を見開き、すこし首をかしげる。

「ええと、すごく不思議な夢なんです。物心ついたころから、何度も何度もおなじ夢を見てて……」

何度も何度も見る夢。それも、おなじだ。

「それで、この絵みたいに、目に映るものすべてが、なにもかも虹色の夢なんです」

これ以上速くなったら死んでしまうんじゃないかというくらいに、鼓動が速い。

激しい動悸《どうき》に息も苦しいくらいだった。

でも、いやな苦しさではない。

むしろわたしは、高揚していた。興奮していた。

大きく深呼吸して、彼に伝える。

「わ……、わたしも、おなじ夢を見ます」

彼はさっきよりもずっと大きく目を見開いた。

「え……虹色の世界の夢？」

「はい。はい、そうです。どこを見ても虹色で、動物も花も虫も木の実も、みんな虹色で……」

「そう！」

彼が目を丸くしたまま、嬉しそうに人差し指を立てた。

「そう、そうなんだ、虫も花も……林檎みたいな、虹色の縞模様の果物とか……」

「それと、虹色の海の夢のときには、虹色の鱗の人魚と泳いだり、虹色のいそぎんちゃくがゆらゆら揺れてたり……」

「あとは、虹色の雪が降ってたり……」

「虹色の砂漠のオアシスとか……」

ひとしきり、今までに夢に見た虹色の景色について話をした。

驚いたことに、わたしたちは、まったくおなじ夢を見ていた。細かいところまですべておなじ。

いくらなんでも、こんな偶然があるとは思えない。

彼の頬が、興奮のためかほのかに紅潮している。きっとわたしもおなじだ。

だって、こんなにどきどきしている。全速力で走ったあとみたいに、どきどきしている。

「どこに……どこにあるんだろう」

彼にたずねるわけではなく、わたしは無意識につぶやいていた。

「きっとどこかにあるんだ……」

だって、見ず知らずのふたりが、たままったくおなじ夢を見ていたのだから、それが架空の景色だと考えるほうが無理がある。

あの虹色の世界は、たしかにどこかに実在していて、たぶんテレビや写真でその景色を見たことがあって、だからわたしたちはおなじ夢を見るのだろう。そうとしか考えられない。

「どこに行けば、あの虹色の景色を見られるんだろう……」

今まで夢の中のことだと、ただの自分の空想だと思いこんでいたものが、突然、現実味をもって身にせまってくるような錯覚におちいる。

もしも、本当に、あの奇跡みたいに美しい世界が、この世のどこかにあるのだとしたら。

「行きたい……見てみたい」

逃げたい。口には出さなかったけれど、心の中で叫んだ。そうしてはじめて自分の心を知った。

そうだ、わたしはずっと逃げたかったのだ。

このくすんだ灰色に沈んだ世界から逃げだして、あの鮮やかな虹色の美しい世界に行きたい。

なにもかもうまくいかない、なにひとつ思いどおりにならない、不自由で息苦しい世界から逃れて、優しくてあたたかい、なんでも好きなことができる自由な世界に行きたい。

こみ上げるような思いに衝き動かされながらも、頭のどこかでは冷静だった。あんな作りものみたいな風景、実在するわけがない。なにもかもが虹色の世界なんて、あるわけがない。常識的に、現実的に考えて、ありえない。たいして賢くないわたしの頭でもわかる。ちゃんとわかっている。

でも、わたしの心は、そんなふうに冷静になれなかった。

せめて、たったひとつだけでもいい。たとえば虹色の花か、虹色の蝶か、虹色の魚か。たったひとつくらいは、どこかに実在するんじゃないか。

ほんのすこしでもいいから、あの夢の世界につながるものを見てみたい。わらにもすがるような気持ちで、そう願ってしまう。

「僕も」

彼がうなずいた。

「僕も行ってみたい。夢の中じゃなくて、現実で見たい。この目で見て、この肌で感じて、絵を描きたい」

わたしたちは顔を見あわせて、力強くうなずきあった。

「いっしょに探そう」

「うん。いっしょに行こう」

そのあとしばらく、沈黙が流れた。

今日会ったばかりの、名前も知らない男の子と、どこにあるかもわからない場所を探しだして、いっしょに行くという約束を交わした。客観的に見れば、どう考えてもおかしい。

すこし気持ちが落ち着いて我に返ったことで、それに気がついてしまったのだ。

きっと彼もおなじように思ったのだろう。すこし照れたように笑って、「あ、まだ名前も教えてなかったですね」と言った。

「僕は、芳川景《よしかわけい》です」

「よしかわ、けい……」

「そう。風景、景色の『景』です」

わたしは思わず彼の絵を見る。

さっきまでは、虹色の世界が描かれていることへの驚きで頭がいっぱいで、まったく気づかなかったけれど、彼の絵はすごかった。

とても細かくて写実的で、繊細で丁寧で、まるで現実に、目のまえにあの夢の世界が広がっているかのような気持ちになる。

夢で見る景色は、見ているときは本当に現実みたいに感じているのに、いざ起きて思い返してみると、全体的にもやがかかったようにぼんやりしていて、はっきりとは思いだせない。何十年も昔の映像みたいに、輪郭がぼやけているのだ。

でも、彼の絵は、本当にほんものみたいに見える。きっと、夢の世界じゃない現実世界の風景を描いても、すごくすごく上手なんだろうとわかった。

こんなに美しい景色の絵を描ける彼に、『景』という名前はぴったりだ。

それに対して、わたしは。

「君は?」

たずねられて、小さく答える。

「緒方……です」

「緒方さん」

彼は確かめるように言ったあと、当然のようにつづけてたずねてきた。

「名前は？」

やっぱそうですよね、と思う。苗字《みょうじ》だけ名乗ると、下の名前は、と訊かれることがほとんどだ。

こんなに似あわない名前なのに、答えないといけない。気が重い。

「き……きらら、です」

ぼそぼそと答えると、彼はにこりと笑って「そっか」とうなずいた。

でも、これといって特別な反応はしなかった。

顔に似あわないとか、名前負けだとか、小馬鹿にするようなことは言わないし、顔にも出さない。

こわばっていた心が、ふっと緩《ゆる》んだ。

いつも名前を馬鹿にされてきたから、本当にほっとした。

それだけでわたしは、彼のことは信頼できる、と思った。

「何年生ですか？　おなじくらいな気がするけど」

「あ……高校一年生です」

「あ、やっぱり。おない年だ」

彼は嬉しそうに笑った。

「きららちゃん」

いきなり名前を呼ばれて、ぴくりと肩が弾む。

「きららちゃんは、この近くに住んでるの？」

「あ、はい。ここから歩いて二、三十分くらいかな。……よ、芳川くんは？」

どう呼ぶべきか迷って、そう言うと、彼はおかしそうに笑った。

「景でいいよ」

わたしは「あ、う、」と我ながら情けないくらいしどろもどろになる。

「け……っ、景くん」

声が裏返ってしまった。頰が一気に熱くなる。本当に情けない。

男の子を下の名前で呼ぶなんて、まだ自分のことがよくわかっていなかった幼稚園児のころ以来だ。自分がまわりからどう見られているか客観視できるようになると、わたしは男の子を名前で呼んでもいいキャラではないと、いやでも理解できた。

だから今、こうやって動揺を隠しきれないのはしかたがないと思う。きっとすごく変な顔をしている。

でも彼は気にするふうもなく、「うん」とにこやかに応じてくれた。

「け、景くんも、近くですか」

「あはは、敬語使わなくていいよ。おない年なんだから」

「あ、そうですよね……」

また敬語、と彼はくすりと笑ってから、

「うん、僕も近くだよ。この展望台、静かで気持ちがいいから、よく絵を描きにくるんだ」

「そうなんで……そうなんだ。わたしは今日たまたま、なんとなく」

「そっか」

会話が途切れる。

なにか話さなきゃ、と必死に言葉を探していると、彼が口を開いてくれた。

「冬休みは、忙しい？」

「ううん。すごくひま」

思わず即答してしまった。

「ひまか」

彼はまたおかしそうに笑う。

よく笑う人だな、と思った。大きな目を惜しげもなく細めて、とても楽しそうに笑うのだ。

その笑顔を見ていると、わたしのほうまでなんとなく明るい気持ちになってくる。

「じゃあ、冬休みに、虹色の世界を探そう」

虹色の世界を探す。なんてわくわくする言葉だろう。

どこにあるかも、本当に見つかるかもわからないのに、心が浮き立ってくるのを抑えられないくらいだ。

わたしは「うん」と大きくうなずいた。

3

君とすごす時間は

*

学校が終わってすぐに公園に向かい、展望台へとつづく階段をのぼっていく。

真冬色の景色の中に浮かび上がる景くんの姿を見つけて、わたしは声を上げた。

「こんにちは」

彼がすっと振り向いて、わたしの姿を確認すると、「こんにちは」と笑顔で応えてくれる。

景くんとはじめてここで会ってから、一週間が経った。

あの日からわたしは、ずっとそわそわしている。早く夢の世界に行きたくて。

いつもなら、学期の終わりのほうになると短縮授業なども多くて、あっという間にすぎていく感じがするのに、冬休みが楽しみだと思えば思うほど、ひどく一日が長く感じた。

終業式まではあと一週間。早く、早く、時間がすぎてほしい。

そんな焦燥感をつねに抱えながら、わたしは毎日、この展望台に通っている。

もちろん、彼に会うためだ。

いつものように景くんのとなりのベンチに腰かけたわたしに、彼が声をかけてくる。わたしはこくりとうなずいた。

「今日、寒いね」

「うん、すごく寒い」

「しかもここ、風を遮るものがないから、ほかの場所よりさらに寒いよね」

制服の上から巻きつけたマフラーをくいっともち上げながら、景くんは言った。

それからどこか気づかわしげな表情でわたしを見て、

「きららちゃん、大丈夫？　無理して僕に付きあわなくていいんだよ。場所、変えようか？」

わたしは慌てて首をぶんぶん振る。

「ううん、ぜんぜん平気だよ！　寒いのはけっこう好きだし、中にセーター着てるし」

わたしはセーラー服の上にはおったコートのお腹あたりを指さして答えた。

うそではない。温熱効果のある肌着と厚手のセーターを着こんだ身体は、学校からずっと速足でここに向かってきたこともあって、軽く汗ばむくらいぽかぽかしていた。

むしろ、吹きすさぶ冷たい冬風が火照った顔や首筋を撫《な》でていくのが、心地《ここち》いいくらいだった。

「そっか、それならいいんだけど。もう無理ってなったら、遠慮なく言ってね」

「うん、ありがとう」

にこりと笑った彼の手が、キャンバスの上に美しい世界を描きだしていくのを、わたしは黙って見つめる。

景くんは、高校生になってから毎日、放課後や休日になるとこの展望台にやってきて、街の景色を見ながら絵を描いているらしい。

だから、わたしが寒いだとかいうしょうもない理由で、彼の習慣を変えさせたりはしたくなかった。

それに、わたしが毎日、放課後になるとここに直行してくるのは、こうやって街を見下ろしながら、絵を描く彼のとなりですごす時間を、とても気に入っているからだ。

家にいても息苦しいだけだし、なにより、わたしはすっかり彼の絵の魅力に夢中になっていた。

景くんはいつも虹色の絵を描いていた。

そのどれもが、わたしも夢で見たことのある風景で、彼の絵を見るたびに、やっぱりわたしたちはおなじ夢を見ているのだと思う。

そして、彼の手によってリアルに描きだされていく虹色の景色を見て、いままでは夢の中の架空の風景だと思っていたものが、とたんに現実のものとして感じられるようになった。

早く見つけて、早く行きたい。

そんな気持ちで頭がいっぱいになる。

「早く見つかるといいなあ……」

思わずつぶやいたとき、景くんがふっとわたしを見て、のんびりとした口調で答えた。

「そうだね。僕も早く見てみたいなって思う。でもまあ、冬休みになってから、ゆっくり腰を据えて探したほうがいいよね。景色は逃げるわけじゃないし」

のほほんとした笑顔で彼にそう言われると、『一日も早く見つけたい』なんて主張はできなくて、わたしは「そうだね」と笑みを浮かべてうなずいた。

「そのぶん、冬休みがはじまるまでに、たくさん虹色の夢の絵を描いておこうと思って」

景くんは、青い絵の具をのせた筆を細かく動かしながら言う。

「たくさんデータがあったほうが、いざ探すときも探しやすいだろうしね」

「データ?」

「そうそう。夢に出てくる景色の地形とか、植物とか生きものとか、全部リストアップして、まとめて整理しておいたほうが、いざ探すときに調べやすいかなって思って。もちろん文字でメモしてもいいんだけど、絵のほうが視覚的にわかりやすいでしょ?」

「ああ、なるほど」

うなずきながら、さすがだなあ、と心の中で思う。

データとか、リストアップとか、視覚的とか、わたしが普段けっして口に出すことのない単語だ。

景くんが着ている制服は、南高校のものだった。偏差値が県内で最も高く、東大合格者が毎年何十人もいるような超難関校だ。賢くて当然だ。

しかも勉強だけじゃなくて絵までこんなに上手に描けるなんて。天は二物も三物も与える、というやつだ。わたしにはひとつも与えてくれなかったのに。

「……でも、大丈夫？」

落ちこみかけた思考を中断して、気になっていた疑問を口にする。

「ん？　大丈夫って、なにが？」

景くんは不思議そうに首をかしげた。

「いや、ほら、学校とか塾の勉強は、大丈夫？　こっちのことでたくさん時間とられちゃうと、課題とか予習復習とかの時間がなくなって、たいへんなんじゃないかなって」

お姉ちゃんが北高に通っていたころは、一年生のときから山ほど課題が出されて、夏休みも冬休みも毎日補習があり、それに加えて部活もあって、本当に忙しそうだった。お姉ちゃん自身は軽々とこなしていたけれど、はたから見ているわたしのほうが自分なら絶対無理だと思ったものだ。

南高もおなじくらい、もしかしたらもっと忙しいんじゃないだろうか。

そう思ってたずねたのだけれど、景くんはにこりと笑って首を横に振った。

「平気だよ。僕あんまり勉強熱心なほうじゃないから。最低限の課題やるだけだし、塾も行ってないし」

ひょうひょうとした口調で言うので、わたしは思わずほうっと息をついた。

「へえ……すごい。さすがだね」

必死に勉強しなくても南高の授業に余裕でついていけるということだろう。本当の天才だ。たぶんわたしなら、毎日徹夜で勉強したってついていけないだろう。もともとの頭の出来がちがうのだ。

尊敬のまなざしで見つめていると、彼はすっと視線を逸らした。

「……そんないいもんじゃ、ないんだけどね」

彼がうつむきがちにぽつりとつぶやく。いつも微笑みをたたえている彼の顔が、ふいにすこしかげった、ような気がした。

なにか気にさわるようなことを言ってしまったのだろうか。不愉快な思いをさせてしまったのか。きらわれたらどうしよう。

一瞬焦りに包まれたけれど、景くんはすぐに笑顔に戻った。

「というわけで」

のんびりとした口調で、彼は言った。

わたしの見まちがいだったかな、とすこし安堵《あんど》する。というか、なんとかそう言い聞かせて動揺を落ち着ける。

「きららちゃんの夢の話も、どんどん聞かせてほしいんだ。それも絵にしていくよ。もしかしたら僕よりも詳しいイメージがあったり、僕とはちがうところもあるかもしれないから」

わたしはかすかな不安を振りはらい、気をとりなおして「はい、了解です」とうなずいた。

「時間はかかっちゃうけど、とにかく、覚えてるかぎり全部の夢を、細かいところまで絵にしておきたくて」

「うん、そうだね。わたしもそうしたほうがいいと思う」

うなずいてから、すこし申し訳なくて付け足す。

「景くんひとりでたいへんだろうけど……手伝えなくてごめんね」

わたしにはまったくと言っていいほど絵心がない。景くんひとりに描かせるのは申し訳ないけれど、かといって代わりに描くこともできない。

「いいよー、そんなの気にしないで。僕は好きで描いてるんだから」

彼はにこにこと笑って、そう言ってくれた。

「ありがとう。そのぶん、できるだけたくさん情報出せるように、頭をフル回転させるね」

「うん、よろしく」

景くんはすこしおかしそうに声を立てて笑った。

人としゃべるのが苦手なわたしだけれど、景くんと話すときは不思議と言葉に詰まったりすることがない。

家族以外としゃべるときは、いつも自分でも呆れるくらい緊張してしまって、うまく言葉が出てこないのに、彼のまえではすごく落ち着ける。

彼はとてもおだやかな性格だから、圧迫感がなくて、相手を緊張させないのかもしれない。

それに、話すときの口調もおだやかでゆったりとしているし、わたしの話を聞くときは、先を促したり急《せ》かしたりすることもなく、あいづちを打ちながらゆっくりと聞いてくれる。そのおかげでわたしも、いつものように焦ったりパニックにおちいったり、言葉を見失ったりすることなく、落ち着いて話せるのだ。

だから、景くんとすごす時間は、とても心地がいい。

「今日は虹色の草原の絵を描いてるんだけど、きららちゃんも草原の夢、見るんだよね」

筆先ですくった絵の具を、色を重ねるように塗りつけながら、彼が言う。

「うん、見るよ」

うなずいて答えると、

「なにが印象に残ってる？」

と訊かれた。

わたしは視線を斜め上に上げ、「うーん、そうだなあ……」と考えながら答える。

「いろいろ出てくるけど、目立つのは揚羽蝶とか」

「ああ、わかるわかる。きれいだよね、虹色の蝶」

景くんが嬉しそうに笑って、こくこくとうなずいた。それから「あと」とつづける。

「あの向日葵、わかる？　大きすぎてびっくりするよね」

「そうそう！　あれ、たぶん、二メートル超えてるよね？」

「下手したら三メートル近くあるかもね」

「あんなの現実では見たことない気がする」

「それに、色が本当にきれいだ」

「わかる。いつも見惚れちゃう」

わたしは深くうなずいてつづける。

「なんか虹色の太陽が咲いてるみたいだよね」

「ああ、それ、すごくいい表現だね。よくわかる」

そんな会話に花を咲かせながら、不思議な感慨に包まれる。

だれにも話したことのなかった、自分だけの秘密だと思っていた奇妙な夢の中の話で、こんなふうにだれかと盛り上がれる日がくるなんて。

あの虹色の夢の世界が、たしかにこの世界のどこかに実在している。そんな確信が、景くんと話せば話すほど深まってくる。

彼はわたしと話しながらも手を止めることはなく、広大な草原の絵の上に、自由に飛びまわる虹色の揚羽蝶と、木のように大きな虹色の向日葵を描きつけた。

時間をかけて、とても丁寧な手つきで、虹色の世界をキャンバスに描きだしていく。あの世界が、どんどんリアルになってくる。

「ほかにはなにかある?」

景くんに訊かれて、はっと我に返った。

ええと、とすこし考えて、「あっ」と声を上げて答える。

「あの、虹色の石。わかる? あれ、すごくきれいだなーって思って、草原の夢見るたびにいつも拾っちゃう」

彼は「ああ、あれね」と目を見開いた。

「石もすごくきれいだよね。僕も毎回手にとって、光に透かしてみちゃうな。光の加減で色が変わるのがきれいだよね」

「あっ、そうそう、光にかざすと虹色になるよね。すごいきれいだよね」

彼はきらきらした瞳で嬉しそうに笑いながら共感してくれた。

その様子を見ながら、本当に不思議だなあ、と思う。

おなじ景色を夢に見ているだけならまだしも、夢の中でやっている行動までおなじなんて、どれほどの偶然だろう。

夢の中での行動、というので、ふと思いだした。

「あ、そういえば、ちょっと気になってたことがあって」

「うん、なに？」

景くんが首をかしげて、わたしの言葉のつづきを待っている。

「あの、虹色の蜜蜂がいるの、わかる？　草原の虹色の花に寄ってくる……」

「ああ、うん、わかるよ。いるね、身体が虹色の縞模様の蜜蜂」

「そうそう。あの蜂が、虹色の花のまわりによく飛んできて、わたしの近くも飛んだりするんだけど」

「ああ、するね。ぶーんって羽の音もするくらい」

夢の中の景色だけでなく、出てくる生きものの行動までおなじなのか。心の中で驚きつつも、わたしは話をつづける。

「それで、わたしね、実は小さいとき、蜂に刺されたことがあって……」

「えっ」

景くんがびっくりしたように目を丸くした。

「そうなの？　刺されちゃったんだ……それはたいへんだったね」

「うん。けっこう痛かった……」

わたしは無意識のうちに、あのとき蜂に刺された首筋に手を当てた。

お姉ちゃんといっしょに家の庭で遊んでいたときだった。たぶん三歳か四歳くらいのころだと思う。まだ小さかったから、同時期のほかの記憶はあいまいなのに、蜂に刺されたときのことだけは妙にはっきりと覚えている。それだけ幼心に衝撃的なできごとだったのだろう。

「そのせいでね、現実では、蜂がすごくこわいの。蜂の羽音がすると、反射的に叫んで逃げだしちゃうくらい」

「そりゃそうだよね……」

彼は気の毒そうな顔であいづちを打ってくれた。

やっぱり話しやすいなあ、と思う。この不器用な口から、次々と言葉が出てくるのだ。

「でもね、夢の中では、あの虹色の蜜蜂が近づいてきても、なんともないんだよね。ぜんぜんいやじゃないし、ちっともこわくないし、本当にまったく平気で、むしろ自分からすすんで蜂の色とか観察してる」

景くんが「へえ」と軽く目を見開いた。

「観察するのは僕もおなじだけど、そっか、きららちゃんは蜂がこわいはずなのに、普通に見れちゃうんだ……」

「そう。それで、不思議だなってずっと思ってて」

「そうだね……」

彼はすこし考えこむように宙を見上げ、しばらく黙っていた。

「でもまあ、夢の中だと、現実では苦手なものが平気になるってこともある、みたいな……」

「え、そうなのかな」

わたしは蜂以外におなじような経験がなかったので、景くんの言葉に驚きの声を上げた。すると彼は、「あっ、いや」と慌てたように手をひらひら振る。

「そういうこともあるかもしれないなって、僕の予想」

「あ、そういうことか。ごめん、早とちりしちゃった」

「いえいえ、僕のほうこそごめん。ややこしい言い方しちゃって」

「そんなそんな」

真顔で謝りあう自分たちがおかしくて思わず小さく噴きだすと、景くんもからからと笑った。

心から楽しそうに笑う彼の顔を見ていると、胸の奥がぽかぽかしてくる。

あの虹色の世界によく似た、あたたかくておだやかで優しい笑顔。

もっと景くんといっしょにいられたらいいのにな、と思って、次の瞬間、そんなことを思った自分に呆れた。

なにを勘ちがいしてるんだ、わたしは。景くんはただ、たまたまおなじ夢を見ているから、それを現実でも見てみたいと思ったから、利害が一致したから、わたしとおなじ時間をすごしてくれているだけだ。

景くんみたいなきれいな男の子が、わたしみたいな地味な女の子と、好きこのんでいっしょにいるわけなんかないのに。

　変な思い上がりをしないように気を引き締めないと。調子にのったらあとで痛い目に遭う。

　景くんだって、わたしなんかに勘ちがいされたら気味が悪いだろう。

「……そろそろ帰るね」

　これ以上自分を勘ちがいさせないように、早くこの場から去ろうと思った。

　横に置いていた鞄《かばん》をつかんで、立ち上がる。

「じゃあ、また」

　あまりにも唐突だったからか、景くんはびっくりしたように目を丸くしている。

　でも、すぐに笑顔に戻って、「気をつけてね」と手を振ってくれた。

　まぶしいくらいに澄んだ笑顔と、鮮やかな虹色の絵が、わたしを見送ってくれていた。

＊

一週間後、待ちに待った冬休みがやってきた。

こんなに長期休暇のはじまりを喜んだのははじめてだった。

わたしたちはまず、市立図書館に行った。目的は、ラーニングスペースに置いてある、だれでも使える共用パソコンだ。

「まずはやっぱりインターネットで検索するのが基本かな、と思って」

景くんがそう言ったので、わたしもうなずく。

「虹色の海とか、虹色の草原とか、虹色の雲とか、ぜんぶ虹色の世界とか……そんな感じで画像検索して、それっぽい写真が出てくるといいんだけど」

「うん。出てくるかな……」

さっそく空席のパソコンのまえに座り、それぞれで検索をはじめる。

わたしはまず、『虹色の海』と入力して画像検索してみた。すると、思ったよりもたくさんの画像が出てくる。

水面が七色に光る海の写真が出てきて、クリックしてみたけれど、どうも合成のようだった。

加工されているかどうかわからない画像もいくつかあったけれど、どちらにしても、わたしたちの夢に出てくる光景とはちがっていた。

それ以外は、イラストがほとんどだった。

次に『虹色の雲』と入力すると、関連検索として『彩雲《さいうん》』という言葉が出てきた。

調べてみると、雲の一部が太陽光の加減で虹色に光る現象らしい。

夢に出てくる雲は、虹色のものが多かった。ちょうどこの彩雲に似ている。

でも、虹色の雲の上の世界は、検索しても出てこなかった。

『虹色の草原』も調べてみたけれど、やっぱりイラストばかりだった。あとは、緑色の草原に虹がかかっている写真。夢に出てくる、あらゆる草花が虹色をしている景色とは、あまりにちがっていた。

「虹色の海の中の写真がないかなと思ったけど、やっぱりないなあ」

景くんがとなりで小さくぼやく。

「そうだね……虹色の鯨も調べてみたけど、やっぱぜんぶイラストだね」

「虹色のいそぎんちゃくも虹色の珊瑚も、やっぱり実物写真はなさそう」

「そっかあ……。蜜蜂とか揚羽蝶も、虹色は出てこないね……」

張り切って調べはじめただけに、いきなり壁にぶち当たってしまって、わたしも景くんもあきらかに口数が減ってしまう。

「……やっぱり、現実じゃないよね」

おなじ景色を、夢の中とはいえ知っている人がいた。その驚きで舞い上がってしまって、探せばどこかにあるのではないかと思ったけれど、普通に考えて、虹色の昆虫も、虹色の草花も、虹色の動物も、現実に存在するはずがない。

「常識的に考えて、あんな景色、ありえないもんね……」

ということは、あの夢は。

「ただの偶然だったのかな……」

わたしと景くんがおなじ夢を見たのは、偶然だったのか。たまたま似たような夢を見ただけだったのか。

そう考えてため息をついたとき、彼が「いや」と首を振った。

「でも、偶然にしてはできすぎてると思う」

静かな声に、わたしはとなりへ目を向けた。

「似たような虹色の景色を夢に見ることはあるかもしれないけど、僕たちの夢は、出てくる生きものとか植物とか、逆に出てこないものとか、どんな行動をするとか、細かいところまでぜんぶおなじだ。いくらなんでも、偶然でそこまで似た、というかおなじ夢を見ることなんて、それこそ常識的に考えてありえないんじゃないかな」

すこし考えて、「うん、そうだね」とわたしはうなずいた。

「だから、きっと、なにかあるはずなんだ。僕ときららちゃんが、共通して見た、あの景色につながるなにかが……」

図書館の窓は、とても大きい。窓から射《さ》しこむ明るい光を受けて、景くんの瞳がきらきら輝いている。

彼が、こんなわたしとのつながりを、こんなにも信じてくれているのが、なんだか不思議な気がした。

十六歳になるまで一度も会ったことがなくて、高校もちがって、たとえおなじ学校にいても決して親しくなることなどなさそうなわたしたちの間に、つながりがあるはずだと明るい瞳で言い切ってくれることが、なんだかむずがゆい感じがする。

そう考えて、ふと気がついた。

わたしは景くんのことを知らず、彼もわたしのことを知らなかったから、わたしたちはこの年まで一度も会ったことがない、と思いこんでいた。

でも、本当にそうだろうか？

もしかしたら、おぼえていないくらい昔に、ものごころつくまえの子どものころに、会ったことがある、という可能性もあるんじゃないか。

「ねえ、景くん……」

「ん？」

彼は眉を上げてこちらを見る。

「小さいころに会ったことがある、とか、ないかな」

我ながらいい思いつきだと思った。

もしかしたら子どものころに会ったことがあって、それがわたしたちのつながりのもとになっているんじゃないか。

でも、景くんは「ああ……」と眉を下げて笑った。

「それは、ないかも……」

「え？」

「いや、実は僕、こっちに来たの、今年の四月からなんだ」

わたしは「えっ」と声を上げた。

「それまではずっと名古屋に住んでて。このあたりには、旅行とかでも来たことなかったんだ」

「あ、そうなんだ……」

「きららちゃん、名古屋に行ったことあったりする？」

「ううん、ない、はず……」

このまえ、テレビで名古屋の特集を見ていたとき、お姉ちゃんが『行ってみたいなあ』と言った。するとお父さんが、

『そういえば父さんも、学生のころ修学旅行で行ったきりだなあ』

と答えて、さらにつづけた。

『独特な文化がたくさんあって、なかなか面白いところだったよ。いつか家族旅行で行ってみようか』

わたし自身も名古屋に行った記憶はないし、お姉ちゃんも行ったことがない。

そして、お父さんもおとなになってからは行っていない。

お母さんはもちろん、わたしが生まれて以降はずっと入院していたのだから、わたしを連れて名古屋に行ったなんてことはありえないだろう。

ということは、わたしは絶対に名古屋に行ったことはない。

「そっかあ……じゃあ、ちがうね」

それからまたひとつ思いついて、つづける。

「あ、じゃあ、旅行に行った先で会ったことがあるとか？」

「ああ、それはありうるかも」

わたしの提案に景くんが大きくうなずく。

「って言っても、僕の家はそんなに旅行とかしないんだけど」

「あ、うちも……」

「じゃあ、きららちゃんはどこに行ったことがある？」

「ええと、小学校の修学旅行が大阪と神戸、中学は福岡と鹿児島、あとは家族旅行で仙台かな……」

わたしの言葉に、彼は「ああ」と眉を下げた。

「じゃあ、残念ながらかぶってないなあ……。僕は岐阜と滋賀、福井、広島くらいだ」

「……見事にかぶってないね」

「うん……」

せっかく糸口を見つけたと思ったのに、すぐに見失ってしまった。

「なかなか先は遠そうだね」

景くんが、言葉のわりには楽しそうに笑う。

「でも、そんなにすぐに見つかっちゃってもつまらないかな」

「え……？」

どういう意味だろう、と首をかしげて彼の言葉のつづきを待つ。

「いや、ほら、せっかくこうやってきららちゃんと縁ができて、ひとつの目標に向かって頑張ってるのに、すぐに答えが出ちゃったら、なんていうか、もったいないなって。どうせならたくさん時間かけて見つけだしたほうが、やったー！　って達成感を味わえそう」

「もったいない……」

わたしといっしょに虹色の世界を探すことを、景くんがそんなふうに思ってくれているというのが、どきどきするほど嬉しかった。

わたしなんて、おもしろいことも言えないし、いっしょにいたって絶対に楽しくないし、きっとつまらないはずなのに。

ずっと、一刻も早く虹色の世界に行きたいと思っていた。早く見つけて、虹色の世界に逃げたいと思っていた。

でも、今はじめて、「すこしくらい時間がかかったっていいかな」と思った。

そのあともわたしたちは、さらにインターネットでの検索をつづけた。

画像検索だけではなく、語句検索や動画検索もしてみる。

「どう？　なにかあった？」

となりでおなじようにパソコンの画面をスクロールしながら、景くんがたずねてきた。

わたしは首を横に振り、「ううん」と小さく答える。

「いまいち……小説とか、曲とか、映画とかのタイトルばっかりみたい」

検索結果の上のほうに出てくるものは、通信販売サイトのページが多かった。いくつもの書籍やCD、DVDなどのタイトルに、『虹色の……』という文字を見つけて、いちおうひとつずつ目を通していったけれど、あらすじや内容を調べてみても、わたしたちの夢に関係のありそうなものはなかった。

「僕もそんな感じだなあ……」

景くんはマウスを操作しながらぼんやりと答えた。

単語や表現を変えたりしながら黙々と調べているうちに、旅行代理店のホームページに行きついた。『虹色の世界』と検索したら出てきたものだ。

世界中にある絶景スポットの特集のうち、虹色のものをあつめた記事らしい。

開いた瞬間、わっと心の中で叫んだ。

いちばん上に出てきた写真は、『虹色の山』だった。

小さな山がたくさん集まったような形をした山の表面が細かい縞模様のようになっていて、そのそれぞれの層が、赤や橙、青や黄色など、本当に虹のようなカラフルな色になっているのだ。

中国にある山らしい。別名、『七彩山』。

いろいろな鉱物や砂岩が長い時間をかけて堆積し、隆起や風化、浸食の作用によってさまざまな色や形の岩が形成されていて、それが太陽の光を受けて色の見え方が変わるので、もとは赤い堆積岩でできた山だけれど、七色に見えることがあるのだという。

なんだか説明を読んでもよくわからないけれど、とにかくすごい。現実の風景の写真だと頭ではわかっているのに、色が非現実的すぎて、どう見てもつくりもの、粘土細工や模型のようにしか見えない。

その下には、ペルーにあるという『レインボーマウンテン』と呼ばれている山の紹介があった。こちらは中国の山よりも明るい色の、鮮やかな虹色をしている。

さらに、モーリシャスにある『虹色の大地』と呼ばれる砂丘。いろいろな鉱物が混ざりあうことなく堆積しているので、それぞれの鉱物の色のちがいがはっきり見えるため、虹色に見えるらしい。

ほかにも『虹色の丘』というのもあるらしい。

世界には、わたしの知らない美しい景色がたくさんあるんだな、と驚きに包まれる。

ただ、残念なことに、わたしの見る虹色の世界の夢には、虹色の山も丘も出てこないのだ。

とはいえ、こんな不思議な色に見える山が実在するのだから、虹色の草原や虹色の砂漠だってありえると思えてくる。夢の世界の存在をすこしたしかなものにしてくれた気がして、嬉しかった。

虹色の草原も砂漠も、いくら検索しても楽曲名などしか出てこなかったけれど、もしかしたらまだあまり有名ではなくて観光地化されていないので、簡単には出てこないだけかもしれない。

「やっぱり、僕たちが見てる景色は、ネットでは出てこなさそうだね」

景くんの言葉で、ふと我に返った。

「そうだね。ほんと、思ってたより難しいなあ」

そのとき、閉館時間を知らせるチャイムとアナウンスが流れてきた。冬の間は、日が落ちるのが早いので、十六時に閉館するらしい。

子どもの利用者も多いので、たしかにそうしたほうがいいんだろうな、とは思うものの。

「あ、もう閉まっちゃうんだ」

景くんが腕時計で時間を確認して、すこし残念そうにつぶやく。

わたしはそれ以上に残念に思っていた。

景くんといっしょにいると、時間の経つのがとても早い。家や学校にいるときは、あんなにのろのろと流れていく時間が、矢のようにすぎ去っていってしまう。

つづきはまた明日か、と心の中でため息をついたとき、彼が荷物をまとめながら言った。

「明日からの相談もしときたいね。きららちゃん、このあと、時間ある？」

その言葉に、わたしは思わず食い気味で「うん」とうなずいてしまった。

やばい、乗り気すぎて引かれちゃうかも。

一瞬で後悔の念におそわれたけれど、景くんは気にする様子もなく「よかった」と笑ってくれた。

「じゃあ、展望台に行こうか。……あ、寒いかな」

「ううん、大丈夫」

また食い気味になってしまった。

「あの、景くんがよかったら、わたしは展望台がいいなって。ゆっくり話せるし
……」

「そうだね」

そう言ってうなずいてくれたので、ほっとする。

まだ景くんといっしょにいられる。そう思うと、自然と頰が緩んだ。

＊

わたしたちは図書館を出て、高台の公園に向かった。

その途中で、景くんが「あ」と声を上げて立ち止まった。

「ちょっと寄ってもいい？」

彼が指さしたのは、コンビニだった。

「うん、わたしも飲みもの買いたいかも」

冬用の小さな水筒にお茶を入れてもってきていたけれど、図書館内は暖房がきいていて、のどが乾燥してこまめに水分補給をしていたので、残りが少なくなっていた。

「うん、僕も飲みもの買いたくて」

いっしょだね、と景くんは笑った。

なぜだか胸の奥がざわざわして、落ち着かなくなる。

おなじタイミングで飲みものが欲しくなる。たったそれだけのことで、こんなに浮ついている自分が情けなかった。

店内に入り、レジ横のホットドリンクのコーナーに向かう。

わたしはホットのミルクティーを、景くんはホットのレモンティーを手にとった。

ふたりとも紅茶を選んだというただのささいな偶然に対して、また心がふわふわしてくるのを自覚して、自分に呆れた。

レジでわたしが会計をしているときに、景くんが「あ」と小さくつぶやいた。

「もうすぐクリスマスだね」

明るい声で、彼は言った。

彼の視線の先を追うと、レジの後ろにクリスマスケーキのポスターが飾られている。

そういえば、クリスマスは今週末だ。

「そうだね……」

クリスマス、と言ったときの、景くんのどこかわくわくしたような口調が胸に引っかかっていて、うまくあいづちが打てない。

もしかして、景くんには、付きあっている人がいるんじゃないだろうか。

突然そんな疑問が湧きあがってきて、とたんに胸が苦しくなる。

疑問に思いはじめると、なぜ今まで気づかなかったのか、と不思議になってきた。

だって、景くんはとても優しくて、話しやすくて。しかも、整った顔をしていて、髪の毛もさらさらで、見た目までかっこいい。

そんなの、ものすごくもててあたりまえだ。

わたしは今まで、そんなことも気づかずに、彼といっしょにすごす時間を心地よく思って、彼に会えると思うと勝手に楽しみにして浮かれて、今日だって図書館に行くと決まった日からずっと楽しみにしていて、昨日の夜はよく眠れないくらい楽しみにしていて、会えたら会えたで、もっといっしょにいられたら、なんて思っていて。

考えれば考えるほど、間抜けだ。

「……クリスマスは、どうするの？」

コンビニを出たあと、わたしは勇気を振りしぼって口に出した。

景くんが「ん？」とこちらを見る。

こんなこと訊いたってしかたがないとは思うけれど、確認せずにはいられなかった。

「かっ、彼女とデートとか……」

震える声でつぶやくように言うと、

「え？　そんなのいないよー」

彼は、おかしそうにからからと笑った。

『いない』。その言葉を、頭の中で、何度も何度も反芻《はんすう》する。

景くんには付きあっている人はいない。本当に？

にわかには信じがたくて、疑いの目を向けてしまう。もしかしてわたしに気をつかってくれたんじゃないだろうか。

わたしにはどう見たって彼氏なんていないから、だれかと付きあっているなんて言ったらかわいそう、と同情してくれているとか。

そんな疑念を振りはらえないでいるわたしに、でも景くんは、楽しそうに笑って答える。

「僕は毎年、クリスマスは家族でパーティーをするんだ」

本当に楽しそうだった。

こんなに純粋にまっすぐなまなざしで、家族といっしょにすごすと答えた彼に、勝手な想像を巡らせて邪推をしてしまった自分が情けなくなる。

「まあ、パーティーって言っても、ありきたりにチキンとケーキを買ってきて、みんなで食べるってだけなんだけどね」

「そっかあ……いいね」

わたしはぽつりと答えた。

彼の言葉を疑ってしまったことにも、彼が家族とすごすクリスマスを心から楽しみにしている様子にも、わたしの心は落ちこんでいく。

わたしの家のことも訊かれてしまうかと思ったけれど、彼はちらりとわたしの顔を見て、それから「うん」と笑っただけだったのでほっとした。

うちでも、クリスマスイブの夜には、ローストビーフやフライドチキンをつくって、ケーキを買ってきて、みんなで食べる。

そして、テーブルの上にはお母さんの写真を置く。

クリスマスだけではなく、家族の誕生日にも――もちろんお母さんの誕生日にも――おなじように食卓にはお母さんの写真も参加する。

お父さんとお姉ちゃんは、お母さんの写真に話しかけながら楽しそうに笑っているけれど、わたしはなにも話すことなんて思いつかないので、黙ってそれを聞いている。

正直なところ、ふだんの食事よりももっと疎外感があって、だから誕生日やクリスマスのような特別なイベントのある日は、苦手だった。彼はきっと、わたしなんかとはちがって、心から家族と仲良くしているのだろう。

「……じゃあ、クリスマスの日は、集まれないね」

小さくつぶやいた声は、弱々しくかすれてしまった。

「え？　そうなの？」

景くんは、わたしの予想に反するリアクションをした。

「えっ、そうじゃないの？」

今度は逆にわたしのほうがびっくりしてしまう。

すると彼がすこし戸惑ったように首をかしげた。

「きらちゃん、なにか昼間に予定があるから無理ってことじゃないの？」

「えっ」

わたしらしくもない大きな声を上げてしまった。

「いやいや、ない！　ないよ、予定なんて」

「あ、そうなの？　じゃあ、クリスマスも今日とおなじように集まろうか。うちも夜までに帰れば大丈夫だから。きららちゃんがよければ」

「いいよ、もちろん！」

さっきとは似ても似つかない、明るい声になった。

「じゃあ、明日からの作戦会議をしよう」

「うん」

勝手に緩んでいく頬を、景くんに気づかれないようにするのに必死だった。

それから一時間ほど、あたりが真っ暗になるまで、わたしたちはあたたかい飲み物を飲んだり、両手で包んで手をあたためたりしながら、今後の相談をした。

＊

「あっ、あったあった。あれだ」

景くんが指さしたのは、図書館のカウンターの横にある蔵書検索コーナーだ。

今日はインターネット上の情報ではなく、書籍から情報を集めてみようと、昨日の話しあいで決めていた。

「よし、さっそく調べてみよう」

景くんがそう言って、蔵書検索用のパソコンのまえに置かれた椅子に腰かけたので、わたしもとなりの席に座る。

マウスを手にして画面を見てみて、いきなり戸惑ってしまう。

「わたし、こういうのはじめて使う……」

使い方がよくわからなくて、救いを求めるようにとなりを見ると、景くんもすこし困ったように眉を下げて、

「うん、僕も。学校の図書室にはこんなのないもんね」

と答えた。

「ひとりでやるよりふたりで協力したほうがいいかも」

そう言った景くんが、「ちょっとこっち来られる？」とわたしを小さく手招きした。

わたしはキャスター付きの椅子を動かして、座ったまま彼のほうに近づく。

彼は画面を見ながらマウスをすこし動かして、ちらりとこちらを振り向き、

「どう、見える？」

急に顔が近くなって、心臓がびっくりするほど大きく跳《は》ねた。

「あっ、うん、見えるよ……」

どきどきしているせいで、のどが狭くなっているような感じがして、うまくしゃべれない。

「じゃあ、さっそく。どうやって調べればいいんだろう、これ……」

画面には、『書誌名』、『著者名』、『出版者』、『分類』、『ISBN』などといった言葉がずらりと並んでいて、それぞれの横に検索語句を入力する空欄がある。

「まずはタイトルだよね、やっぱり」

景くんの言葉に、

「うん……」

とわたしはうなずく。

「どこに入力すればいいんだろ」

「うーんと、あ、この『書誌名』ってところかな」

「ああ、たぶんそうだね」

書誌名の欄に『虹』と入力してみると、思ったよりも数は多くなく、五十弱の結果が出てきた。

一ページに十冊ずつ表示されている。

「あっ、わたし、メモするね」

ノートを取りだしながら言うと、

「うん、よろしく。ありがとう」

と景くんが笑った。

彼がなにげなく口にした、ありがとう、という言葉に、はっとする。こういう小さなことでもお礼を言えるのってすてきだな、と思った。

「……景くんも、パソコンの操作してくれて、ありがとう」

見習わなきゃ、と思ってそう言うと、彼は目を丸くしてわたしを見た。

「きららちゃん、丁寧だね。すごい、すてきだ。僕も見習わなきゃ」

今度はわたしが目を丸くする番だった。

だって、景くんが先に言ったのに。それくらい無意識に、ありがとうという言葉を口にしたのか。

すごいな、と思うと同時に、彼の反応がとてもかわいらしく思えて、思わず笑ってしまった。

「ん？　どうしたの？」

「ううん……なんでもない。あ、急いでメモするね」

ペンを手にしてそう言うと、

「急がなくていいよ、ゆっくりやって。時間はたっぷりあるんだから」

「……うん」

なんでもない言葉だけれど、ぽっと胸に火が灯《とも》ったようにあたたかくなった。

わたしは今まで、家族や親戚や、先生や同級生や、いろんな人から、『ぼんやりしている』だとか『のんびりしすぎ』だとか、『要領が悪い』だとか『のろま』だとか、たくさん言われてきた。

そのたびに、もっと早くしなきゃ、もっと急がなきゃ、まわりにあわせなきゃ、と焦っていた。まわりに迷惑をかけるくらいなら、余計なことはしないほうがいいと思っていた。

でも、景くんは、ちがう。

『急がなくていい』

『時間はたっぷりある』

急かすことも、いやな顔をすることもなく、あたりまえのようにそう言ってくれる。

それが、とても、ほっとする。嬉しい。

わたしは、写しまちがえたりしないように、何度も画面とノートを見比べながら、本のタイトルと著者の名前、書架番号を書き写していった。

彼は、なにも言わずに微笑みながら待ってくれていた。

「全部書けたよ。お待たせしました」

わたしがそう言うと、

「オッケー、お疲れさま。じゃあ、次いくね」

と景くんは答えて、マウスを動かして『次ページへ』を選択する。

たった数十件なのに、わたしの手が遅いので、最後までメモし終えるのにすごく時間がかかってしまった。

そのあとは、メモをもって書架番号の場所に行き、目的のものを探していく。

景くんは、ときどき絵画関係の本に気を引かれて、本棚から抜きだして中をぱらぱら見ては、

「あっ、こんなことしてる場合じゃなかった」

と慌てて戻していた。

その様子を微笑ましく思いながら、

「そんな急ぎじゃないし、気になるものがあったら、ゆっくり見たらいいんじゃない？」

と声をかけたけれど、彼は照れたように笑って、

「また今度にするよ。今日は虹色の世界の手がかりを探しにきたんだから」

と首を振った。

本当に絵が好きなんだな、と思う。そんなにも夢中になれるものがあるのはすてきだな、と思った。

「ふう……これで全部かな？」

「うん、たぶん」

広い図書館で、何万冊もある蔵書の中から数十冊の本を集めるというのはなかなかたいへんで、集めるだけで二時間近くもかかってしまった。不慣れなので手際が悪いせいもあるだろう。

ただ、運のいいことに貸出中のものはなく、検索して出てきた本はすべて見つけることができた。

「よし、じゃあ、どこかの席とって、さっそく読んでみよう」

景くんがそう言って、わたしが両手に抱えていた本を、さっと取り上げてすべてもってしまった。

「えっ、いいよ！　自分でもつよ」

気をつかわれたのだと気づいて、慌てて取り返そうとしたけれど、彼は笑って首を振る。

「いいの、いいの。僕がもってくよ」

そうは言っても、景くんは身長はわたしより高いものの、とても痩《や》せていて、その腕はわたしよりも細いくらいなのだ。本はとても重い。こんなにたくさんもったらつらいんじゃないだろうか。

せめて上のほうの何冊かだけでも、と手を伸ばす。すると彼はひょいっと本をもち上げて身体をひねった。

「本当に気にしないで。筋トレ、筋トレ」

そう言って、軽く上下させる。思ったよりも力がありそうで、すごいなと驚いた。

グループワークスペースという、会話をしてもいい部屋に本をもっていき、空いていたテーブルに本と荷物を置いた。

集めた本は、ジャンルとしては小説が多く、あとは絵本や児童書、詩集や句集、雑誌などだった。

ふたりで手分けをして、一冊ずつ、あまり関係のなさそうなものでもいちおう念のために、全ページに目を通していく。

間に昼休憩をはさんで、飲食のできるスペースで、それぞれもってきたお弁当やおにぎりなどを食べ、また作業を再開した。

そんなに丁寧に見たわけでもないけれど、閉館までに読み終わることはできなかった。

いったん本を棚に戻し、翌日またもう一度集めて、二日かけてなんとかすべての本に目を通し終わり、その結果。

「……なかったね」

「うん、なかった」

わたしたちは展望台で、目の前に広がる夕焼けの街を眺めながら言いあった。

「こんなに見つからないと思わなかったなあ」

わたしが小さくぼやくと、景くんは、

「でもまあ、まだまだ時間はあるし。明日からまた、ちょっとやり方を変えてみよう」

と明るく言った。

「……景くんて、すごいね」

思わず、感嘆の声を上げてしまった。

「えっ？　なにが？」

彼は、本当にわからない、という顔をしている。

「なんていうか……すごくポジティブっていうか」

「ああ……」

景くんがふふっと笑った。

「よく言われる。楽天家とか、能天気とか」

「ええっ、能天気？」

わたしは「そんなことないよ」と顔のまえでぶんぶん手を振る。

「そういうのじゃなくて。本当に前向きっていうか、焦ったりしないで落ち着いて て、すごいなって」

なかなかうまく言葉にできなくて、もどかしい。

「わたしはいつも、無駄に悪いことばっかり考えすぎて、勝手に落ちこんで、いつも余裕がないっていうか……」

なんで自分の話になっちゃってるんだろう、と呆れる。

景くんのことを話したいのに、うまくいかない。

自分に嫌気が差して口をつぐんだとき、景くんが静かに口を開いた。

「それって、そんなに悪いことかなあ」

なんだかひとりごとのような口調だ。

どういうことだろうと、となりの彼の顔を見つめる。

「きららちゃんは、ちゃんとものごとに真正面から向きあって、逃げないでしっかり考えてるから、悪い可能性のほうにまで目が向いちゃうってことじゃないかな」

「え……いや」

わたしの短所を、なぜかいいふうに解釈されてしまって、焦ってしまう。誤解されては困る。

「あの、そうじゃなくて。なんていうか、悪いほうに悪いほうに考えて、ネガティブっていうか、そういう意味で……」

「いいことじゃない？　悪いほうに考えておけば、そこまで悪くならなかったときに、すごくラッキーな気持ちになれるでしょ？」

「……そ、そうかな？」

「うん、いいことだよ」

「そ……そっか」

景くんは、わたしのネガティブさの質量を大きく上まわるポジティブさで、わたしのだめなところまで『いいこと』にしてしまう。

それに反論できるほどの語彙力も説明力もわたしにはなくて、認める形になってしまった。

予想外の展開になんだかおろおろしてしまい、落ち着かなくて視線をあちこちへ移すわたしに、彼は「それに」と続ける。

「僕は考えが浅いから、あんまり悪いことまで考えが及ばなくて、行き当たりばったりっていうか、無鉄砲っていうか、それで結果的にポジティブに見えるだけなんだと思うよ。だから『能天気』」

「そうかなあ……」

「そうそう」

あまりにもあっけらかんと彼が言うので、それはちがう、などという反論も野暮《やぼ》な気がして、わたしは小さくうなずきながら聞くことしかできない。

「もっとじっくりよく考えてから行動しなさいって、子どものころからよく叱られてたよ。だから、それができるきららちゃんはすごいと思うなあ」

自分のことだけじゃなくて、他人に対してまでこんなふうにポジティブな考え方で相手を包みこんでくれるなんて、景くんのほうがよっぽどすごい。

それに比べてわたしは、相手の言動を悪いほうにばかり考えてしまう。

それは、最悪の場合を――相手がわたしをきらっていて、わたしを疎ましく思っていることを――先に想定しておいて、もし本当にそうだった場合に受けるショックをすこしでも小さくするために、つまり自分が傷つかないように、先まわりをしておくことだった。

でも、それはつまり、相手のことを悪い人間だと考えておく、ということだ。

それって、すごく、失礼なことなんじゃないか？

はじめてそんな考えに至って、あらためて自分のネガティブ思考がいやになった。

かといって、いきなり景くんみたいにポジティブな考え方ができるようになるはずもない。

きっとこれからもわたしは、悪いほうにばかり考える癖を、あらためることはできないんだろうな、と思う。

はあっと深いため息が出た。

＊

翌日は、蔵書検索の範囲を広げてみることにした。

グループワークスペースにもパソコンがあったので、そこであれこれ相談しながら検索してみる。

あいまい検索というものを試してみると、タイトルだけでなくあらすじやキーワードに『虹』という語句の含まれるものが、百冊以上も出てきて、専門書らしきものまであった。

さすがにこれは無理じゃないか、と思ったけれど、景くんが、

「もしかしたらなにかヒントになることが書いてあるかもしれないから、とりあえず見てみよう」

と言ったので、がんばってやってみることにした。

きっと、ひとりだったら、もうあきらめていたと思う。だって、百冊なんて、気が遠くなる量だ。

でも、不思議なことに、景くんとふたりだったら、やってみようと思えた。

ひとりで黙々と読むわけではなくて、ああでもない、こうでもない、とおしゃべりをしながら読むのは、とても楽しいのだ。

たとえ簡単には虹色の世界の手がかりが見つからなくても。

検索結果に出てきたものすべてに、丸二日かけてざっと目を通してみたけれど、夢の景色に似た写真や、関係のありそうな文章は、まったく出てこなかった。

図書館では、古い映像などもデータ管理されて自由に閲覧できるようになっている。はじめはそこまでは手を広げられないかなと思ったけれど、それも検索をかけて、いくつか見てみた。

それでもやっぱり、なんにも見つけられなかった。

4

生きているだけで

＊

「なんか……思いつくことはぜんぶやってみたけど、きっかけさえ見つからないって感じだね……」

図書館を出たあと、いつもの展望台で、眼下に広がる寒々しい街の景色を見ながら、わたしは言った。

冬休みに入ってから五日間、毎日開館から閉館まで調べつづけたというのに、なにひとつ、ヒントになりそうなものすら見つけられていない。

「そうだね。これは本当に、なかなかたいへんだ」

あまりにも手がかりがないので、わたしはかなり落ちこんでしまっていた。

でも、やっぱり景くんは、いつもとあまり変わらない、ほがらかな表情を浮かべていた。

「まあ、そのうちそのうち。あきらめずにがんばろう」

励ますように言ってくれる彼を見て、自分の心の余裕のなさが情けなくなる。どうしてこんなに頑張っているのに、なにも見つけられないんだろう。そんなことばかり考えて、なかなかうまくいかないことに、このところわたしはずっといらいらしていた。

うまくいかせるほどの能力もないのに、うまくいかないといらいらするなんて、自己嫌悪だった。

景くんと知りあってから、まだ三週間ほどだけれど、彼は本当に明るくておだやかで、わたしとは正反対の人だった。

どうやったらこんな人になれるんだろう。

そう考えたとき、わたしは彼のことをなにも知らないと気がついた。

虹色の夢を見ること。優しい笑顔。おだやかな口調。それくらいしか知らない。

「……あの、もし、よかったら」

気がついたら口を開いていた。

「景くんのこと、ちょっと教えてくれない？」

「え？」

驚いたような彼の反応を見て、自分がずいぶんと不躾なことを言ってしまったと気がついた。

景くんのことを教えてほしい、なんて。ただ夢の場所の謎を探るために協力しているだけの関係なのに、そんなふうに図々しく距離を縮めようとして。

とたんに恥ずかしくなって、「ごめん、忘れて」と言いかけたとき、彼がふわりと笑って「僕も」と言った。

「僕も、きららちゃんのこと、もっと知りたいと思ってたんだ」

「え……」

まさかそんな答えが返ってくるなんて思っていなかったので、今度はわたしが驚いてしまう。

「でも、そういうの、気持ちが悪いかなと思って」

「えっ、気持ち悪い？」

わけがわからなくて首をかしげる。

すると景くんは、すこし照れくさそうに笑って頭をかいた。

「いや、知りあったばっかりの男にいろいろ訊かれたり、個人情報を明かしたりするのは、気持ち悪いかなって」

「そんなはずないよ！」

彼が言い切るまえに、遮るように声を上げてしまった。

「気持ち悪いなんて、景くんのこと、そんなふうに思うわけないよ……」

もしかしてわたしがなにか、彼にそういうふうに思わせてしまうような変な態度をしてしまっていたのだろうかと、戸惑いでおろおろ続ける。

でも、景くんはけろりと笑って「そう？　ならよかった」とうなずいた。

わたしもすこしほっとして、つづけて口を開く。

「……あの、家のこととか、これまでのこととか、そういうのわかったら、夢の場所探しの手がかりも、見つかるかもしれないし、とか思って……」

彼はそもそも、そういうつもりで――虹色の世界に近づくための情報を得るために、わたしのことを知りたいと言っているのかもしれない。もしも、わたしが彼自身に興味があって、彼と近づきたくて、知ろうとしているのだと気づかれたら、やっぱり引かれてしまうかもしれない。そう考えて、言いわけがましく言ったわたしの言葉に、景くんは「それもあるけど」と答える。

「もちろんそれもあるけど、それがなくても、きららちゃんのこと、もっと知れたら嬉しいなって思ってた」

ぼっと顔から火が出たような気がした。

それは、虹色の夢のことがなくても、わたし自身のことを知りたいと思ってくれているということだろうか。

どうして？　わたしのことなんか聞いてなんの利益があるの？

疑問はぬぐえなかったけれど、彼の言葉を疑って不快な思いはさせたくなかった。

「……あ、ありがとう……」

もごもごと答えると、えへへ、と景くんが笑った。もちろんわたしほどではないけれど、ちょっと照れくさそうだ。

「僕は、サラリーマンの父親と、パートで働いてる母親と、三人家族だよ」

景くんがまだすこし照れたような顔で言った。

「きららちゃんのご両親とか、きょうだいは？」

「あ、お父さんと、大学生のお姉ちゃんと、三人暮らし」

お母さんのことを言うかどうか、迷う。

家族の話になると、いつもこうだった。この年ですでに母親が亡くなっているなんて、あまりよくあることではないから、そんな話をすると相手に気をつかわせてしまう。

でも、あえて伏せていても、景くんが気にしてしまうかもしれない。

だから、勇気を出して口を開いた。

「お母さんは、わたしが生まれてすぐに亡くなってて……」

「あ、そうなんだ……」

彼はすこし気づかわしげな顔をした。

「じゃあ、いろいろつらいこともたいへんなこともあるよね。きららちゃんも、お父さんとお姉さんも、みんな頑張ってきたんだね」

そんなふうに言ってもらえるとは思っていなかったので、驚いた。

と同時に、言葉にならないあたたかい気持ちになる。

「うん……」

こんなふうに手ばなしにねぎらってもらえることが、こんなに嬉しいとは思わなかった。

「……ありがとう、景くん」

「えっ、なにが?」

彼は不思議そうに首をかしげた。わたしはふふっと笑い、

「なんでも。景くんの言葉が嬉しかったから、お礼を言いたかったの」

そう答えると、彼はおかしそうに眉を下げて笑った。

「よくわからないけど、どういたしまして」

にこやかな彼の顔を、なんとなく直視できなくて、視線をうつした。

今日は天気がいい。空には雲がほとんどなく、薄い青色をしていた。展望台のベンチに座ると、空がすこし近く感じるのが不思議だった。

この空いっぱいに、虹がかかる様子を想像する。

あの夢のように鮮やかな、世界を包みこむように大きな虹。

もしあの虹が現れたら、この灰色の街まで、きれいな色に輝くような気がした。

「そういえば……日本とはかぎらないんだよね」

ふと思いついて、ひとりごとのようにつぶやいてから、しまった、いきなりすぎた、と気づいて焦る。

でも景くんは、気にするふうもなく「どういうこと？」と首をかしげてたずね返してくる。

おかげでわたしは、落ち着いて自分の考えを話すことができた。

「うん、あのね、わたしたち今、日本語だけで調べてるけど、もちろんそれが調べやすいから当然なんだけど。でも、たとえば、子どものころに海外の映像が流れたのを見たとか、海外の本の挿絵とかをたまたま見たとか、そういうのもありうるよね……」

　中国やペルーの虹色の山の画像を見つけたときに、すこし考えていたことだった。

「ああ、なるほど。きららちゃん、さすが」

　景くんが小さく拍手をしながら言った。

　その『さすが』という言葉に、どきっと心臓が跳ねる。

　お姉ちゃんは、よく、親戚の人や近所の人から『さすがだね』と言われている。優秀な人だとだれもが認めているから、そんな言葉をもらえるのだ。

　それに対してわたしは、さすが、なんて言葉は一度も言われたことがない。

　それなのに景くんは、さすがと言ってくれるのか。

　恥ずかしいような、申し訳ないような、照れくさいような、なんとも言えない気持ちに動揺しながら、わたしはつづける。

「もしも海外の景色だったら、なかなか行けないし……たいへんだなって。だから、まずはそこを確かめたいなと思って、日本では有名じゃないところの情報があるかもしれないから、『rainbow dream』とか『rainbow sea』とか、とりあえず英語でも検索してみたほうがいいかな。でもわたし、あんまり英語得意じゃなくて、英語のサイトなんて出てきても、まったくわからないだろうけど」

「うーん、そっかあ。僕も英語苦手だし、厳しいかな……」

そう答えた景くんが、なにか思いついたように「あ」と声を上げた。

「そういえば、今日読んだ本に、おもしろいことが書いてあったんだけどね」

「え、どんな?」

訊き返すと、景くんが、ふふっと笑って言う。

「きららちゃん、虹っていくつの色でできてると思う?」

わたしは「え?」と首をかしげてから、

「七色……だよね。赤、橙、黄色、緑、青、藍色、紫」

指を折って数えながら言うと、彼はいたずらっぽく笑った。

「え、ちがう、の?」

「ううん、日本では、七色だよ。でも、外国ではちがうらしいんだ」

「そうなの?」

「たとえばアメリカでは、赤、橙、黄、緑、青、紫の六色って習うんだって。ドイツでは、赤から青の五色」

わたしは驚きに目を見張った。

「少数民族だと、三色とか二色って答える人たちもいるらしい」

「へええ……」

虹は七色だと思いこんでいた。だれが見ても、どこで見ても、七色に見えるのだと思っていた。

「おなじものを見てるはずなのに、不思議だよね」

「ほんとだね……」

でも、よく考えたら、実物の虹の色はグラデーションだから、色の境い目ははっきりしない。

たとえば、今この空に虹がかかったとして、本当に七色に見えるだろうか。連続的な色をくっきり七つにわけられるだろうか。

目で見てわかるのは四色くらいかもしれないし、逆に分けようと思えばもっと細かく、たとえば十色に分けることだってできるかもしれない。

「それでね、僕、思ったんだけど」

「うん」

「あの夢の景色は、虹色イコール七色だよね？」

「あ……」

景くんの言葉に、わたしは思わず手を叩いた。

「たしかに……うん、そうだ。虹色の花は七枚の花びらだし、虹色の鳥は七匹だし……」

「そう。ということは」

「あの夢の場所は、日本……？」

日本に実在するかどうかはさておき、日本にかかわっているということになるだろう。

景くんが「うん」と微笑んだ。

「だから、とりあえず国内にしぼって、日本語で探せば大丈夫なんじゃないかな」

「うん、そうだね」

もしも、海外に行かないとあの景色を見られないということだったら、どうしようと不安だった。

でもそれはなさそうで、ひと安心だ。

そのとき、鞄の中のスマホが震えた。

取りだして画面を確認すると、お姉ちゃんからのメッセージだった。

《ちょっと訊きたいことがあるんだけど、いつごろ帰ってくる？》

それを見て、急に現実に引き戻されたような感じがした。

今日はわたしが晩ごはんの当番だ。材料がないので、スーパーで買いものをしてから帰って、つくらないといけない。

その時間を逆算していくと、もう潮時だった。

「ごめん、そろそろ帰らなきゃ……」

となりの景くんにそう声をかけると、彼は自分の腕時計にふっと目を落とし、

「ああ、うん、もういい時間だね」

と言った。

「ごめん、だらだらおしゃべりしちゃって」

「ううん、そんなことないよ。わたしこそ……」

むしろわたしのほうが、景くんともっといっしょにいたいと思って、図書館での用事が終わったのに、展望台までついてきたのだ。

「景くんは、もうちょっとここにいる？」

「うん。すこし描いてから行こうと思ってて」

そう言って、彼は自分の荷物を指差した。彼がいつももっている大きな正方形の黒いバッグ。中には、キャンバスや画材が入っている。

彼はいつも、わたしと会って虹色の世界について調べたあと、真っ暗になるまで

ここで絵を描くことにしているようで、毎日この重そうな大荷物をもって図書館にやってくるのだ。

本当に絵が好きなんだなあ、と思う。

ひまさえあればやりたい、というほど夢中になれるものを、わたしはひとつももったことがなかった。

「そっか。じゃあ、お先に失礼します」

立ち上がって鞄を肩にかけ、景くんに小さく手を振ると、

「うん、また明日」

彼はにこやかに手を振り返してくれた。

また明日、という言葉が、胸をあたたかくする。

また明日も会えると思うだけで、居心地のよくない家に帰る気力が湧いてきた。

わたしにとって、それくらい、景くんとすごす時間は、かけがえのない大切なものになっていた。

＊

「きらら、おかえり」

買いもの袋を提げて帰宅すると、お姉ちゃんが洗面所から顔を出した。

「ただいま」

わたしは靴を脱いで玄関に上がりながら答える。

するとお姉ちゃんが、

「ねえ、きらら」

と改まった口調でわたしを呼んだ。

わたしは脱いだコートと荷物を床に置き、「なに？」と顔を上げる。

「きらら、冬休み毎日出かけてるね。どこに行ってるの？」

「え……図書館、だけど」

家だと集中できないから図書館で勉強する、と言ってあったはずだ。忘れてしまったのだろうか。

さすがに、公園で知りあった他校の男の子と、調べもののためとはいえ毎日会うと言ったら、お父さんやお姉ちゃんに反対されてしまいそうだと思って、そういうことにしておいたのだ。

でも、わたしの答えを聞いても、お姉ちゃんはまったく納得していない様子だった。

「図書館で、勉強してるだけだけど……」

重ねて言ったものの、うそをついているという罪悪感もあって、声が小さくなってしまった。

お姉ちゃんは、なにも言わずにじっとわたしを見ている。

心の中を見通そうとするような視線がいたたまれなくて、わたしは思わず目を背けた。

玄関で靴をはこうとしたとき、背中から「ねえ」と低い声が聞こえてきた。

「……男の子といっしょなんじゃない？」

「えっ」

わたしは驚いて振り向く。

聞きまちがいかと思った。でも、お姉ちゃんはもう一度、「男の子といっしょなんじゃないの？」と繰り返す。

「え……なんで……どういう……」

動揺のあまりしどろもどろで答えると、お姉ちゃんが大きなため息をついた。

「仁美《ひとみ》から聞いたの。きららが毎日、男の子と会ってるみたいって」

仁美というのは、お姉ちゃんの中学生のころからの親友だった。昔はよくうちに遊びにきていたので、わたしももちろん顔見知りだ。話したことはほとんどないけれど。

「仁美がね、図書館の近くのファミレスでバイトしてるの。それで、きららが男の子といるところを何度か見たって」

「え……」

たしかにわたしと景くんは、図書館での調べものの合間に、昼食をとるために何度か近くのファミレスを利用していた。

でも、まさかそんなところで知りあいに見られるとは予想もしていなかった。

わたしは極度の人見知りなので、店員さんの顔を直視できなくて、注文のときも、料理を運んできてもらったときも、目があわないように顔をうつむけていることが多い。

だから、知りあいの店員さんがいても気づかなかったのだ。

「それに、仁美の家の近くの公園のあたりで、おなじ男の子と歩いてるのも、何回も見たって………」

まさか、公園でも見られていたなんて。しかも、何回も。

言い逃れできそうにない。

でも、だからと言ってなにをどう話せばいいのかわからなくて、言葉が出てこない。

「………」

黙りこくっていると、お姉ちゃんがまたため息をついた。

「べつにね、男の子と付きあったりするのはいいんだよ？　でも、毎日、しかも朝から夕方まで会ってるっていうのは、さすがにわたしも気になる。知らないふり、してあげられないよ」

「………」

「ちゃんと勉強してるの？　………変なこととか、されてないよね？」

その言葉を聞いた瞬間、かっと頭に血がのぼった。

変なことって。なに、どういうこと？

すごく、腹が立った。

ただただわたしに優しく親切にしてくれる景くんに対して、妙な疑いの目を向けて、あまりにも失礼だ。

「変なことなんて、してないし」

思わず口調が荒くなってしまった。

「じゃあ、なにしてるの？」

夢で見た景色がどこにあるのか、調べているだけ。

でも、お姉ちゃんにそんなことを言っても信じてもらえないだろう。

そうしたら、もう会うなと言われてしまうかもしれない。

それは、それだけは、いやだ。

「……どうして、お姉ちゃんに説明しなきゃいけないの？」

せいいっぱいの反論だった。お姉ちゃんが驚いたように目を見張る。

いつも従順に言うことを聞くわたしが歯向かってくるなんて、予想していなかったのだろう。

いつもわたしがお姉ちゃんの言うことに従うのは、自信がないからだ。

お姉ちゃんに比べてひどく劣った人間だと自覚しているから、反論する勇気がなくて、言われるがままにしてきただけ。

でも、景くんのことを悪く言われるのは、がまんできなかった。

「どこでだれとなにしようが、わたしの勝手でしょ。そんなことまで口だししてこないで」

そう言った瞬間、お姉ちゃんが眉をひそめた。

「あのねえ、きらら」

怒ったような、呆れたような口調。

「わたしはね、お母さんの代わりに、きららのことちゃんと見てなきゃいけないの。それが姉としての責任だから」

「そんなの知らないよ。お姉ちゃんが勝手に思ってるだけでしょ」

そう言ったとたん、お姉ちゃんがかっと目を見開いた。

「なんでそんなこと言うの？　きららがそんなこと言うの聞いたら、お母さんが悲しむよ。お母さんに申し訳なくないの？」

お母さん、お母さん、お母さん。

うるさい。

わたしは、お姉ちゃんがお母さんの話をするのが、大きらいだ。

「……お母さんなんて、知らないもん。なんにもおぼえてないもん」

「きらら！」

お姉ちゃんが叫んだ。

「お母さんは、きららのこと、自分の命が危ないってわかってるのに産んでくれたんだよ。きららが生まれてこられたのはお母さんが頑張ってくれたからこそだよ。そのお母さんに対して、知らないなんて言っちゃだめでしょ！」

「そう言われるのがいやなの！」

今度はわたしが叫んだ。

ぐちゃぐちゃの感情が、うまく言葉にならない。

「命懸けで産んでくれたとか、命と引き換えに産んでくれたとか、そういうこと言われたら……わたしはなんにも逆らえないじゃん」

お母さんが命と引き換えにわたしを産んだから、わたしはなにもかも周りの期待どおりに、言われたとおりにしなきゃいけないの？

ほかの人なら好きにしていることも、わたしは我慢しなきゃいけないの？

お母さんが、わたしを産んで、死んだから？

それだけでわたしは、一生、お母さんの命を背負って、縛られつづけなきゃいけないの？

今までずっと不満に思っていたことが、一気にあふれだしてきた。

「きらら………」

「ずるいよ、お母さんの命を、引きあいに出すのは………」

わたしを従わせるために、逆らえないようにするために、お母さんの話を出すのは、ずるすぎる。

「もう、やだ。好きでお母さんの命と引き換えに生まれてきたわけじゃないのに、みんなからお母さんお母さんって言われて、縛られて………。こんな息苦しい人生になるなら、生まれてこなければよかった。わたしは産んでなんて頼んでないのに……お母さんも、わたしなんて、産まなきゃよかったのに………」

「きらら!!」

お姉ちゃんが悲鳴のような声を上げた。

「それだけは、言っちゃだめ！」

その瞬間、頰にさっと熱が走った。すこし遅れて、鋭い痛み。

お姉ちゃんがわたしを叩いたのだ。

怒りと悲しみがごちゃまぜになったようなお姉ちゃんの顔。唇がわなわなと震えている。

あのときの顔も、おなじだった。

『あんたのせいで、お母さんが死んじゃったんだ！』

あれはいくつのころだったか。

たぶん、わたしが幼稚園のころ。お姉ちゃんはまだ小学生だった。

なにかの拍子できょうだいげんかをして、その途中で、お姉ちゃんが言った言葉。

言われたのはたった一度だったけれど、何年経っても忘れられない。

『お母さんは、わたしのせいで死んだんだ』

『わたしは、お姉ちゃんから、大好きなお母さんを奪ったんだ』

『だから、お姉ちゃんは、わたしのことがきらいなんだ』

その思いが、ずっと消えない。

だからわたしは、ずっとお姉ちゃんに申し訳なくて、お姉ちゃんの言うことは聞こうと思って、頑張ってきた。

でも、もう、疲れた。

お母さんの命を背負って生きるのは、もう疲れた。

重い。あまりにも重い。

わたしなんかには、背負いきれない。

わたしは、脱いだばかりの靴をまた履いて、黙って家を飛びだした。

*

あたりはもう薄暗い。

家を出たときは頭に血がのぼっていたから、なにも感じなかったけれど、今はすごく寒かった。

玄関で脱いだ上着をそのまま置いてきてしまったので、薄手のセーター一枚しか着ていない。

すこし外にいただけで、身体の芯まで冷えきっている。口から出る息が、雪のように白い。

寒い。凍えるほど寒い。

でも、戻りたくなかった。

あてもなく歩いて、気がつくと、高台の公園に向かっていた。

景くんに会いたいと思っている自分に気がつく。

彼と別れてから、もう一時間以上経っている。まだ展望台にいるかはわからない。

でも、会いたい。

いつもよりずっと速足で、展望台へとつづく階段をのぼる。

最後のほうは、ほとんど駆け上がるくらいの勢いになっていた。

階段をのぼりきったわたしの目に、足音で気がついたのかこちらを振り向いた彼の姿が、入ってきた。

そして、くすんだ灰色の景色の中に、たったひとつの、目がくらむほど鮮やかな色彩。

景くんだ。

いつものようにベンチに腰かけて、虹色の絵を描く景くんが、そこにいた。

その顔を、懐かしい虹色の絵を見た瞬間、はりつめていた糸が切れたように涙腺が緩んで、どっと涙があふれてきた。

よろよろと彼のもとに向かう。

「け……景くん……」

「わっ、どうしたの、きららちゃん」

なんて優しい声なんだろう。

わたしを叱りつけたお姉ちゃんの声、お姉ちゃんに反発したわたしの声。

それがいつまでも鼓膜にこびりついていたから、景くんの優しくて柔らかい声が、まるで奇跡みたいにきれいに感じた。

「泣いてるの？　なにかあった？　大丈夫？」

彼は戸惑ったように、気づかわしげに、そうたずねてくる。

それにわたしは、うん、とも、ううん、ともつかない、うめきのような声で応えた。

景くんはわたしをベンチに座らせ、「風邪ひいちゃうよ」と小さく言って、自分のコートを着せてくれた。それからわたしを落ち着かせるように、遠慮がちな手でわたしの肩のあたりをさすってくれる。

わたしは子どもみたいに泣いた。

声を上げて、嗚咽《おえつ》もおさえられずに、わんわん泣いた。

こんなに泣いたのは、小さな子どものころ以来だと思う。

小学生になって、周りのことがわかるようになってくると、わたしは泣けなくなった。

『天国のお母さんに心配かけちゃいけないよ』

『わがままを言ったら、天国のお母さんが悲しむよ』

そんなことを言われて、わたしには、泣いたり、自分の気持ちを主張する権利なんてないのだと言われているように感じたのだ。

でも、景くんは、絶対にそんなことは言わない。

一ヶ月にも満たない、ほんの短い関係だけれど、それはわかっていた。

だから、はばかることなく大泣きしてしまった。

泣きたいだけ泣いて、すこし気持ちがすっきりしてくると、涙も引いてきた。

しゃくり上げながら呼吸を整える。

「ちょっと落ち着いた？」

景くんが静かにたずねてきた。わたしはこくりとうなずく。

「そっか。よかった」

それきり、彼はなにも言わない。

たぶん、わたしから話しだすまでは、問いただしたりしないつもりなのだろう。

いつだって包みこむようにわたしを気づかってくれる景くんは、本当に優しいし、人間ができているなと思う。

だからだろうか。彼の優しさに甘えたくなってしまったのかもしれないし、慰めてほしくなったのかもしれない。

わたしは、気がつくと、お母さんの話をしていた。

「わたしのお母さんね、わたしを産むまえから、病気で……。でも、わたしを、命懸けで……自分の命と引き換えに産んだんだって」

景くんが大きく目を見開いた。

「わたしを産んだせいで、お母さんは死んじゃったの」

彼の反応を見るのがこわくなってきて、わたしは視線を逸らした。

真っ暗になった街。冬の夜の闇は、冬の夜の空気は、どうしてこんなに冷たく澄んでいるのだろう。

息を吸いこむと、肺がきりりと痛んだ。

「だからね、小さいころから、いろんな人からそう言われてて。お母さんが自分を犠牲にしてまであなたを産んでくれたんだよ、だからいい子にしなきゃいけないよ、頑張らなきゃいけないよ、しっかり生きなきゃいけないよって……」

景くんはなにも言わない。

こんな重い話をしてしまっているのだから、当然の反応かもしれない。

「みんなが言うことはわかるの。きっとわたしも、もしも自分じゃなくてほかのだれかが『お母さんの命と引き換えに生まれた』って聞いたら、おなじように言っちゃうと思うから。『天国のお母さんのために、おりこうさんにして、頑張らなきゃいけないね』って」

彼が黙りこんだままなので、わたしが言葉を止めると、冬の夜風に揺れる木々の葉ずれの音がざわざわと耳に響く。

「でも、でもね……」

ぶるりと震えがきて、わたしはぎゅっと手を握って肩を縮めた。

「でも、わたしは、お母さんがわたしを、命を懸けて産んでくれたっていうのが……」

こんなことを言っていいのだろうか。

人間として最低な感情だというのは、自分でもよくわかっていた。

こんな話を聞いたら、心優しい景くんは、どう思うだろう。

でも、それでも、どうしても、考えずにはいられないのだ。

「……すごく、重荷に感じてて……」

ああ、言ってしまった。

「お母さんの命まで背負って、これから一生、生きていかなきゃいけないのかなって思うと、本当に重くて」

目の奥と、のどが、なにか鋭いものに突き刺されたみたいに、ぎゅうっと痛くなる。

「……だってわたしは、命懸けで産んでもらうほどの人間じゃないから」

生きているだけで、まわりを苛立たせ、迷惑をかけることしかできない人間だ。

「どんなに頑張っても、お母さんが引き換えにした命に、見あうような人間にはなれないから……」

じわりと夜の景色が歪んだので、また涙があふれてきてしまっていることに気がついた。

景くんは、うん、と小さくうなずいた。

それきり、なにも言わない。

ちらりと見ると、なにかを考えこむように、夜空の向こうをじいっと眺めている。

星を見ているのかなと思ってわたしも目線をうつしてみたけれど、街の灯《あか》りのせいで、青黒い空には小さな点のような星がふたつ、みっつほど見えるだけだった。

わたしはまた、景くんのきれいな横顔に視線を戻した。

でも、見ていられなくて、すぐに目を背ける。

どう思われているのか、こわかった。彼が今なにを考えているのか、想像するだけでこわかった。

きっと軽蔑されている。

母親の命を重荷に思うなんて、最低な娘だと思われている。

もう二度と会ってもらえないかもしれない。

……それはいやだ。

ああ、どうしてわたしは、こんな話を彼にしてしまったんだろう。

後悔の波に揉《も》まれて溺れそうになったとき、やっと景くんは口を開いた。

「僕の話を、していい？」

予想外の言葉だった。

わたしは目を見開いて、驚いたまま「うん」と答える。

「僕の母さんは、子どものころから、ずっと病気だったんだって」

「え……景くんのお母さんも？」

うん、と彼がうなずく。

まさかこんなところにも共通点があるとは思わなかった。

でも、これは、ぜんぜん嬉しくない共通点だ。

「肝臓の病気だって。それでしょっちゅう体調をくずして、治療のために入院しなきゃいけないことが多くて、学校も休みがちだったって言ってた」

「……そっか」

わたしのお母さんは、心臓の病気だったらしい。やっぱりおなじように体調をくずしやすく、若いころから何度も入院していたと、親戚の人たちに聞かされたことがある。そして、わたしを産んだことでとうとう身体が耐えきれなくなって、治療もむなしくそのまま命を失ってしまったと。

景くんが静かな声でつづける。

「薬とかでなんとかだましだましやってたんだけど、とうとう、これ以上はってところまで悪化しちゃって、それで、僕が生まれる何年かまえに、大きな手術をしたらしいんだ」

「手術……」

手術をしなければならないほど大きな病気だったのか。

「かなりたいへんな手術だったらしい。でも、なんとか成功した。そのあともすぐには万全の体調にはならなくてたいへんだったみたいだし、今もやっぱり身体が強いとは言えなくてときどき入院する。それに、手術の関係で一生薬を飲みつづけないといけないんだって……」

「……」

軽々しくあいづちを打てない気持ちになって、わたしはただ黙って話を聞く。

景くんはすこし口をつぐんで、ゆっくりと呼吸をして、そしてまた口を開いた。

「……もし、そのとき、母さんの手術がうまくいってなかったら、僕はたぶん、生まれてなかった。ここにいなかった」

自分の生きる世界を確かめるように、景くんは展望台から見える世界をゆっくりと見渡した。

「母さんは、僕が子どものころから、何度も何度もおなじことを、繰り返し僕に言うんだ」

「……どんな？」

そのときわたしが想像したのは、こんな言葉だった。

『お医者様や看護師さんや、たくさんの方たちがお母さんの命を救ってくださったのよ』

『あなたは、その方たちのおかげで生まれてこられたのよ』

『だから、感謝の気持ちを忘れずに、しっかり生きなきゃいけないわよ』

そんなセリフを、テレビかなにかで見たことがあった。

わたしはそういうセリフを聞くたびに、なんて重いんだろう、と感じていた。

自分が生まれるまえのできごとを引きあいに出されて、だからしっかり頑張って生きなきゃいけないなんて、そんなことを言われても、重荷でしかない。

べつに望んで生まれてきたわけじゃないのに。

どうかわたしを生まれさせてくださいと自分がお願いしたわけでもないのに。

生まれながらの重荷を勝手に背負わされた子どもの気持ちを、ちゃんと考えてほしい。

そんなことを考えていたら、景くんが、わたしの予想を大きく裏切ることを言った。

「生きてるだけでいいって」

「………え？」

すぐには内容が理解できなくて、わたしはぽかんとして彼を見た。

「生きてくれてるだけでいい。無理しなくていい。頑張らなくていい」

「…………」

「僕が生きてるだけで、ここにいるだけで、もうほかになにもいらないくらい幸せだよ、生きてるだけでこれ以上ないくらいの親孝行だよって、母さんはいつも言ってるよ。父さんもおなじ気持ちだって」

景くんはとても丁寧に語りかけてくれるけれど、やっぱりわたしの心にはスムーズに入ってきてはくれない。

「母さんは、自分が病気でたいへんな思いをしてきたからこそ、死ぬかもしれないって思いを何度もしてきたからこそ、そう思うんだって」

やっと、すこしずつ、景くんの言葉が心の中に染みこんできた。

「きっと、きららちゃんのお母さんも、そう思ってるんじゃないかな……」

彼は頭上に広がる群青色の空の、そのさらにはるか向こうを見つめるようなまなざしで、静かにそう言った。

「…………」

わたしも景くんとおなじように、星のない夜空の彼方《かなた》を見つめる。

頭の中では、彼のくれた言葉を、何度も何度も繰り返し反芻している。

涙はいつの間にか乾いていた。

*

帰りは景くんが家の近くまで送ってくれた。

わたしが勝手に会いに行ったのに、わざわざ送らせるなんて申し訳なくて、

「ひとりで帰れるから、大丈夫」

と必死に断ろうとしたけれど、

「もう暗いし、危ないから」

とにこやかに言われて、断りきれなかった。

ただ、お姉ちゃんに見られるわけにはいかなかったので、家の手前の交差点のところまでにしてもらった。

「今日は本当にありがとう」

別れ際、わたしは景くんに借りたコートを返してから、頭を下げてそう伝えた。

「話を聞いてもらえて、すごくすっきりしたし、気持ちが軽くなった」

正直な感想を告《つ》げると、彼は「どういたしまして」と笑ってくれた。

それから、こんな不思議なことを言った。

「きららちゃんは、えらいね」

まったく意味がわからなくて、わたしは首をかしげる。

「……？　えらい？」

もしかして景くんは、わたしの知っている『えらい』という言葉とはちがう意味で使っているんじゃないか。そういえば、出身地がちがうのだから、方言みたいな感じで、ぜんぜん正反対の意味だったりするのかも。

そう思って、たずねたのだけれど。

景くんは、「うん、えらい。すごい」と深くうなずきながら答えた。

「えらい？　すごい？　……え？　ど……どこが？　なにが？」

完全に頭が混乱している。本当にわけがわからない。

だって、わたしには、そんなふうに言ってもらえる部分は、ひとつもない。そんなことは、わたし自身がいちばん知っているのに。

でも彼は、ふふっと嬉しそうに笑いながら、たしかめるように、わたしに言い聞かせるように、ゆっくりと言う。

「自分の意志じゃないのに、生まれながらに重い荷物を背負うことになって、それは本当にたいへんなことなのに、でもその荷物を投げだしたりしないで、ちゃんと背負ったまま、これまでずっと自分の足で歩いてきたんだ。すごくえらいよ。尊敬する」

「……そんなんじゃないよ」

わたしはふるふると首を振った。

「いつも、なんでわたしがこんな荷物をもたなきゃいけないんだって、投げだしたいって、ひどいこと考えてばっかりだよ。えらくなんかない」

「でも、考えるだけで、実際には投げださなかったんだよね。えらいよ」

えらい、えらい。

そう言って、景くんは、わたしの頭をくしゃりと撫でた。

髪にふんわりと優しくふれる手の感触。柔らかい手のひらのぬくもり。

突然の、はじめてのスキンシップに驚きすぎて、わたしは完全にフリーズしてしまう。

「あんまり自分を責めないで。きららちゃんは、責められなきゃいけないようなことは、なんにもしてないんだから」

硬直したままの身体をぎこちなく動かしながら、わたしの頭には、自分が吐きだしてしまった言葉が甦《よみがえ》っていた。

お姉ちゃんに、そしてお母さんに、投げつけてしまった言葉。

『こんな息苦しい人生になるなら、生まれてこなければよかった』

『お母さんも、わたしなんて、産まなきゃよかったのに』

そして、それを聞いた瞬間の、お姉ちゃんの叫び。

『それだけは、言っちゃだめ！』

あのときは、完全に頭に血がのぼってしまっていて、なにも考えられなかった。言いたいことを言わないと、ぐちゃぐちゃの感情を吐きだしてだれかにぶつけないと、本当に心がパンクしてしまいそうだった。

でも、景くんのおかげで落ち着いて、冷静になった今なら、ちゃんと考えたら、わかる。

そうだ、わたしは言ってしまったのだ。『責められなきゃいけないようなこと』を、言ってしまったのだ。

いくら苦しいからって、つらいからって、決して口に出してはいけない言葉がある。それを、言ってしまった。

お姉ちゃんとお母さんに、謝らないと。お父さんにも、謝らないと。お父さんはあの場にはいなかったけれど、いなかったから、聞かれていないから、謝らなくてもいいということにはならない。

深く息を吸いこんで、ゆっくりと吐きだす。

「……ありがとう」

わたしはそう言って景くんに頭を下げた。

「おかげで、大事なことに気づいた」

彼は目を軽く見開いて、すこし首をかしげている。

「……家族と、ちゃんと話さなきゃいけないから、行くね」

「うん」

景くんがにっこりと笑ってうなずく。

「うまくいくといいね」

「うん、ありがとう。……じゃあ、また」

わたしは一歩うしろに下がり、彼に小さく手を振った。

「また明日。おやすみ、いい夢を」

いい夢を。景くんのやわらかい声が、いつまでも鼓膜をあたたかく撫でている気がした。

＊

「きらら！」

家の玄関の鍵を開けた瞬間に、お姉ちゃんがわたしの名前を叫ぶように呼びながら飛んできた。

「どこ行ってたの！　こんな時間に………！　心配したんだから………」

そう言ってお姉ちゃんは、わたしに抱きついてきた。

びっくりして、その顔をのぞきこむ。お姉ちゃんは、今にも泣きだしそうな顔をしていた。

「電話してもぜんぜん出ないし………もう！　九時になっても帰ってこなかったら警察に通報しようって思ってたんだからね………」

「ごめん……」

お姉ちゃんの様子に動揺を抑えきれず、ぼんやりしながら謝ると、わたしを抱きしめる腕にさらに力がこもった。

いつも溌剌として気丈なお姉ちゃんの、こんな顔は見たことがなくて、びっくりしてしまう。

そういえばお姉ちゃんは、わたしのおぼえているかぎりでは、子どものときでも、声を上げて泣いたりしなかった。

ドラマや映画を見て感動の涙を流すことはあっても、普段の生活の中で自分のことで泣くことはなかった。

わたしは、小さいころは、よく泣いていた。泣きたいときに、泣きたいだけ、泣いていた。

そのたびにお姉ちゃんが、ちょうど今みたいにわたしを抱きしめて、なぐさめてくれた。

『お母さんはね、よくこうやって、ぎゅうってしてくれたんだよ』

お姉ちゃんは、いつも、そう言っていた。

わたしはそれを聞いて、またお母さんの話か、と思っていた。わたしはお母さんのことなんか知らないのに、そんな話をされても困ると思った。

そして、泣いているときにお母さんに抱きしめてもらうことができたお姉ちゃんを、うらやましく思わずにはいられなかった。

お母さんと何年もいっしょにすごし、大切にしてもらい、愛されていたことを、それができなかったわたしに自慢しているとさえ、感じることがあった。

でも、今、こうしてわたしを心配していたと泣きそうな声で言って、泣きそうな顔でわたしを抱きしめてくれている人が、そんなふうに考えているとは思えない。

ふと、あることに気がついた。

もしかしてお姉ちゃんは、お母さんの代わりになろうとしていたんじゃないだろうか。

わたしにはお母さんの記憶がないから、お姉ちゃんは自分が代わりになろうとしていたんじゃないだろうか。

だからお姉ちゃんは、子どもみたいに泣いたりしなかったんじゃないか。

お母さんの話をたくさんわたしに聞かせたのは、お母さんのことを覚えていないわたしに、すこしでも思い出をわけてくれようとしていたんじゃないか。

そんなふうに考えたのは、はじめてだった。

「……お姉ちゃん……」

わたしは首をかたむけてお姉ちゃんの顔をのぞきこみ、小さく呼びかける。

「お姉ちゃん……ごめんね」

うまく言葉にならなくて、ただただ、「ごめん」と繰り返す。

「ひどいこと言って、ごめん……」

するとお姉ちゃんが、ふっと顔を上げて、

「わたしも、ごめん」

と、うっすらと涙の浮かんだ瞳で言った。

「きららのこと心配だからって、いろいろ口だししすぎちゃったね。いつもおとなしくて聞き分けのいいきららが、あんなに怒って出ていって、それではじめて、やりすぎちゃってたって気がついた。……反省してる」

お姉ちゃんが眉を下げて、涙声でそう言ったので、わたしは、

「……ううん」

と小さく首を振った。

「……お母さんが安心して天国でゆっくり休めるように、きららのことでお母さんに心配かけないようにしなきゃ、って思ってたの」

お姉ちゃんが、自分の心をのぞくように、胸に手を当てて静かに言った。

「わたしはお姉ちゃんなんだから、わたしがきららのことをちゃんと見とかなきゃ、もしも危ないことをしたときはちゃんと止めなきゃ、ってずっと思ってた。……でも、きららのプライベートにまで口だしして、縛りつけるのは、ちがうよね」

「お姉ちゃん……」

「ほんとに、ごめん。きららを苦しめたり、傷つけたりするつもりはなかったの。でも、わたしがしっかりしなきゃってことばっかり考えてて、きららの気持ちを考えられてなかった。ごめんね……」

ああ、そうか。

ふいに、なにもかもが腑《ふ》に落ちた。

お姉ちゃんも、重荷を背負ってたんだ。

わたしとおなじように、いや、もしかしたら、わたしよりもずっと大きくて重いものを、お母さんが死んでしまってからずっと、背負っていたのかもしれない。

わたしとはまたべつの意味で、お母さんの存在を背負いながら、生きてきたのかもしれない。もしかしたらお父さんも。

それなのにわたしは、どうしてお父さんはお母さんの話をわたしにするんだろう、どうしてお姉ちゃんはいちいち口うるさいことを言うのだろう、と、どこかうとましく思ってしまっていた。それに気がついて、すごく申し訳なくなった。

みんな、重荷を背負っているのかもしれない。

でもきっと、人それぞれ、色も形もちがうから、他人の荷物には気づきにくい。重荷を背負っているのは、自分だけじゃない。手ぶらで軽やかに歩いているように見える人でも、目に見えない重荷を背負っているかもしれない。

それを忘れずに、相手を思いやれる人が、優しい人なんだろう、と思った。

*

「今日はもう出前とっちゃおう」

しばらく抱きあったあと、お姉ちゃんがそう言ったので、今日の晩ご飯は宅配ピザを頼んだ。

ピザの箱が赤と緑のクリスマス仕様だったので、そういえば明日はクリスマスイブだと思いだした。

お姉ちゃんは冷蔵庫から缶ビールをもってきて、妙に楽しそうに大きなピザを頬張り、それからわたしに言った。

「早くきららが成人しないかなあ。きららといっしょにお酒飲むの、実はひそかに楽しみにしてるんだよね」

酔いがまわったせいなのか、普段は言わないようなことを突然言いだしたので、わたしはかなりびっくりしてしまった。

そして、お姉ちゃんがそんなふうに思ってくれているということが、なんだかくすぐったくて、すごく嬉しかった。

お姉ちゃんは、自分の妹がわたしみたいなできそこないの人間だということを不愉快に思っていて、だからいろいろと小言を言ってくるのだと思っていたから。

ああ、本当にわたしは、なんにも見えてなかったんだな。

自分のことばっかり考えていたから、まわりの人のことをなにもわかっていなかった。

なにもかも勘ちがいばかりしていた。

ちゃんと顔を上げて、相手の顔を見て、その気持ちを考えて、目に見えない心の中にも目を凝らさないといけないのだ。

食事を終えてしばらくすると、お姉ちゃんが酔っ払ってソファで寝てしまったので、わたしはその身体に毛布をかけてから、仏間に向かった。

今日は白米ではなく、お皿にのせたピザがふたきれ、供えられている。お姉ちゃんが置いたのだろう。

仏壇にピザって、と思うとおかしくて笑いそうになったけれど、お母さんの写真を見たら、なんだかいつもより嬉しそうな顔をしている気がした。

わたしもお姉ちゃんもピザが大好きだから、お母さんもピザは好きだったかもしれないな。ふとそんなことを思う。

わたしの中にも、お母さんの血が流れているんだ。お母さんに育てられたお姉ちゃんだけじゃなくて、わたしにも。

記憶もない人と、たしかにこの身体でつながっているのだと思うと、不思議な感じがする。

お母さんはもう死んでしまっているから、もう会うことはできないし、その表情を見て気持ちを推し量ることもできない。

お母さんがどんなことを考えていたのか、わたしのことをどう思っていたのか、わたしには確かめる方法がない。

でも。

『生きてるだけでいい』

『ここにいるだけで、これ以上ないくらいの親孝行』

景くんのお母さんがいつも言っているという言葉。

本当に、そうなんだろうか。

なんの取り柄もなくて、だれの役にも立たない存在にも、『お母さん』は『生きてるだけでいい』なんて言ってくれるのだろうか。

自分を犠牲にしてまで産んだのに、こんなつまらない人間が生まれて、そんなことなら産まなきゃよかった、と思わないのだろうか。

わからない。わたしなんかに、お母さんがそう言ってくれるなんて、やっぱりなかなか思えない。

わたしがもっと、頭がよくて運動神経がよくて、優しくて思いやりがあって、美人でかわいくて、人の役に立てるような魅力的な人間だったら、そのすべては無理でもせめてなにかひとつでも、ほかのひとより優れたものがあったら、お母さんだってきっと『命懸けで産んだかいがあった』と思えるだろうに。

どうしてもそういう思いが拭えない。

ずっとそう思いながら生きてきたから、簡単には振りはらえない。

自分が『生きてるだけでいい』存在だなんて思えない、納得できない。

でも、わからないからって投げだしたりせずに、忘れずに心に刻んで、これから時間をかけて、ちゃんと考えていかなきゃ、と思った。

5

聖夜の鐘の音色が

＊

「おはよう、きららちゃん」

翌朝、待ちあわせ場所に行くと、先に到着して待ってくれていた景くんが手を振って迎えてくれた。

冬の朝の、きらきらと輝く透明な陽射《ひざ》しの中で、彼は優しい微笑みを浮かべている。

わたしは思わず目を細めながら、「おはよう」と答えた。

「昨日は大丈夫だった?」

彼がやわらかい声で言うと、白い息がふわりと冷たい空気の中に立ちのぼる。

「うん、大丈夫。ありがとう」

わたしの口からも湯気のような白い塊が出てきた。

今日はいちだんと寒い。この冬いちばんの冷えこみになるでしょう、と今朝のニユースで言っていたけれど、予報は当たりそうだ。

「昨日は、本当にありがとう」

わたしはあらためて景くんに感謝を伝える。

「景くんが話を聞いてくれて、景くんのことも話してくれたおかげで、大事なことに気づけて、素直になれて、……お姉ちゃんとね、けんかっていうか、わたしがひどいこと言っちゃって、いやな感じになってたんだけど、ちゃんと謝って仲直りできたの。そのあと、お父さんともゆっくり話せた」

わたしは笑みを浮かべて彼を見つめる。

「景くんのおかげだよ。本当にありがとう」

ぺこりと頭を下げると、彼はにこりと笑った。

「やっぱりきららちゃんはすごい」

「……え」

「ちゃんとごめんなさいが言えて、相手の目を見てありがとうが言えて、人間にとってこれ以上に大事なことなんてないんじゃないかな。すごくすてきなことだと思う」

「……そ、そうかなあ……」

そんなふうに言ってもらえるなんて思わなかったから、そわそわとして落ち着かなくなる。

でも、ふと気がつく。

わたしが小さいころから、お父さんはいつも言っていた。

『ありがとうとごめんなさいは、絶対に忘れちゃいけないよ』

そしてお姉ちゃんは、

『お母さんも、いつもおなじこと言ってたよ。わたしがありがとうとかごめんなさいがちゃんと言えると、ぎゅうってしてくれた』

と教えてくれていた。

だから、それがわたしの中にも染みこんでいて、なにか迷惑をかけてしまったとか、なにか親切にしてもらったとか、そういうことに気づけたときは、必ずちゃんと言うようにしていた。

今まで生きてきた中で言われたたくさんの言葉が、わたしの中に積み重なっているんだな、と思う。

「……行こっか」

なんだか照れくさくなってきて、わたしはいつものように図書館に向かって歩きだそうとした。

するとと、景くんが突然、「ちょっと待って」と引き留めてきた。

「え？　どうしたの？」

なにか忘れものでもしたのかと振り返ると、彼はすこしいたずらっぽい笑みを浮かべていた。

「ちょっと提案があるんだけど」

「……？」

「図書館で調べるのもちょっと行き詰まってるし、今日はちょっとお出かけしてみない？」

「えっ？」

それは、どういうことだろう。

虹色の世界の手がかりを探すのとは関係なく、ふたりで出かけるということだろうか。

それって、つまり。

ありえない単語が頭の中に浮かんでしまい、慌てて打ち消す。

「これ、見てみて」

戸惑いを隠せないわたしに、景くんは手のひらほどの大きさの紙を差しだした。

「……なに？」

手にとって見てみると、なにかのチケットのようなものだった。

赤や黄色、青や緑などの絵の具が散ったようなデザインが施されていて、そのカラフルな色彩に目をひかれる。

そこに印刷されている文字に目を通すと、

『The Rainbow World』

と書かれていた。

「えっ」

と声を上げてしまった。じっとその文字を見つめる。胸がどきどきしていた。

横には小さく『個展』、『入場無料』という文字があり、下のほうにはギャラリーの名前と場所の地図がのっている。

「The Rainbow World……『虹色の世界』？」

わたしがそう言うと、景くんが「そう！」と笑った。

「これ、昨日うちのポストに入ってて。僕が子どものころ通ってた絵画教室の先生が送ってくれたんだ。この手紙と一緒に」

景くんがスマホで撮った写真を見せてくれた。
水色の便せんと封筒に、几帳面な字が並んでいる。

『景くん、お久しぶりです。お元気ですか。
先生はあいかわらず子どもたちと楽しく絵を描いています。
先日、美大時代の友人を経由して、ある個展の案内状が届きました。
あいにく先生は教室があって名古屋を離れられないので、
残念だけどお断りしようと思ったのですが、
見てみると、景くんの好きそうなコンセプトじゃありませんか。
しかも、景くんが今住んでいる場所に近いようです。運命的です。
というわけで、急いで転送させてもらいました。
クリスマスまでということで、ぎりぎりになってしまいましたが、
もし都合がつくようでしたら、ぜひ行ってみてください』

「それで、なんだろうと思って、個展のタイトルを見た瞬間、びっくりして」
「うん……うん、虹色の世界」

『虹色』と『世界』という言葉の組みあわせ自体はそんなにめずらしいものではないし、実際にインターネットで検索したときも、写真やイラスト、書籍や楽曲のタイトルとしていくつか出てきた。

だから、ただの偶然なのかもしれないけれど。

「もしかしたら、なにか手がかりが見つかるかもしれない」

景くんの言葉に、わたしは大きくうなずいた。

「行ってみよう」

*

「僕ね、幼稚園のころから絵が好きで、いっつも絵を描いてたんだ」

ギャラリーのある街に向かう電車の中に、わたしたちはいる。

「最初は本当にただの落書きみたいなものだったけど、だんだん頭の中にあるものを描くってことを覚えて、それから、あの虹色の夢の中で見た風景を描くようになった」

冬休みだからか、電車の中は混みあっていた。学生らしい若い人たちが多い。

空席がないわけではないけれど、わたしたちは席には座らず、車両のはしっこの角に場所を確保して、つり革をつかんで電車に揺られている。

窓の外を、風のような速さで景色が流れていく。

夢の世界とは正反対の、灰色の空、灰色の街。

でも、よく見ると、目を凝らすと、ところどころに鮮やかな色が点在しているのに気がついた。クリスマスの飾りつけだ。

サンタクロースの赤、クリスマスツリーの緑。金色の鐘、銀色の星、白い真珠、黄色のリボン、色とりどりの飾り。

クリスマスの街って、なんてカラフルなんだろう。

「虹色の絵を描くようになったら、親とか親戚とか近所の人とか、僕の絵を見て、『すごくカラフルできれいだね』とか、『想像して描いたの？　すごいね、独創的だね』とか言ってくれるようになって。父さんと母さんなんて、ちょっと親バカ入ってるから、『この子は天才だ！』とか浮かれちゃって」

景くんはおかしそうに目を細めて笑う。

お父さんお母さんと仲良しなんだなあ、と思うと、微笑ましかった。そういう家庭で育ったから、景くんはこんなに優しくておだやかなのだろう。

「もちろん、僕はただ夢で見たものを描いてるだけだから、自分の発想でもないし、独創的なんて言ってもらうのはおかしい。でも、僕がいくら『想像じゃないよ、いつも夢に出てくる世界を描いただけだよ、僕が考えた絵じゃないよ』って言っても、みんなあんまりわからないみたいで。父さんは『景が夢見たものなんだから、それは景の中にあるものだよ。だから景のオリジナルだ』って。あたりまえだよね、あんな現実感のあるリアルな夢だなんて、見たことがない人には伝わらないだろうし

……」

「うん、そうだよね。ほかの夢とはぜんぜんちがうもん」

わたしは虹色の夢の世界を思い描きながらうなずく。

「なんていうか、自分が生みだしたものって感じがぜんぜんしない。夢で見てるっていう感覚より、現実にある場所に行った感覚のほうがずっと近い気がする」

なかなかうまく言葉では説明できない。

本当に、ほかの夢とはまったく異なるのだ。ぼんやりしていたりふんわりしていたりする部分がなくて、ひとつひとつのものがどれも細かいところまでものすごい

現実感をもっている。

夢の中のはずなのに、においも音も、触れた感覚すらあるのだ。

草原に座りこんで触れた草のやわらかさ、砂漠の砂が靴の中でじゃりじゃりする感覚。花の蜜のにおい、蜜蜂の羽音。

「たとえ架空の世界だとしても、自分の空想じゃなくて……」

ひとりごとのようなわたしの言葉に、景くんが続ける。

「そうだね、ほかの人の空想に入りこんだみたいな……」

あの特殊な感覚を共有できる人がとなりにいるのが、なんだか奇跡のように思えた。

「あるとき父さんが子ども向けの絵画教室を見つけてきてくれて、そこに通うことになった。『天才かもしれないからきちんと習わせないと！』って。僕は『だからちがうって……』と思いつつも、でも好きなだけ絵が描けるのは嬉しかったし、先生はおもしろくて優しくて、たくさん褒めてくれたから、楽しくて中学生になるまでずっと通ってた。それで、先生は僕が虹色の絵ばっかり描いてたのをたぶん覚えてくれてて、だからこの案内状をわざわざ送ってくれたんだと思う」

「そっか、そういう経緯だったんだ……」

不思議な運命の流れのようなものを感じる。

たまたまこのタイミングで、景くんの絵の先生が個展の案内状をもらって、そのタイトルを見て何年もまえの生徒である景くんのことを思いだしてくれて、わざわざ景くんの引っ越し先に送ってくれて。

そして、その個展が、わたしと景くんがずっと探していた『虹色の世界』に関係しているかもしれない。

こんな偶然があるだろうか。

もしかしたら、本当に、この個展に行ったら、虹色の夢の世界につながる手がかりを見つけられるんじゃないか。

そんな根拠もない予感が、胸をいっぱいにしていた。

*

目的の駅で電車を降りて、チケットに書かれていた地図のとおりに行くと、すぐにその場所は見つかった。

『ギャラリー 光の森』

クリスマスの装飾に彩られた駅前の商店街の片隅、路地裏の細い道に面した雑居ビル。

その一階の軒先に、木製の板に文字が手彫りされただけの、素朴なぬくもりを感じる看板が立てかけられていた。

手彫りの文字を確認して、

「ここかな」

「ここだね」

あたりが静かなので、わたしたちはなんとなく小声で言葉を交わす。

ギャラリーと呼ばれる場所に入るのも、美術館以外の場所でプロの絵を見るのも、わたしははじめてだった。とても緊張していて、指先が痛いほど冷たくなっている。

でも景くんは、もちまえの明るさと人なつっこさを発揮して、

「こんにちは、おじゃまします」

と緊張のかけらもない様子でギャラリーの入り口のドアを開けた。

「きららちゃん、どうぞ」

慌てふためくわたしを、景くんはドアを開けたまま待ってくれている。

レディーファースト、という言葉が頭に浮かんで、異性からそんな扱いをされた経験のないわたしは、顔から火が出そうなほど恥ずかしくなった。おかげで指先にまで血がめぐって、あたたかくなったのは助かったけれど。

「失礼します……」

わたしは小さく声をかけて、そろそろと中に足を踏み入れる。

こういう場所ではどういうスタンスをとればいいのだろう。

広めのアパートの部屋くらいの大きさのギャラリーは、壁も床も天井も真っ白で、とても明るい。

そして、すべての壁に、額縁に入った絵が等間隔に飾られている。ぱっと遠くから見ただけでも、案内状とおなじようにカラフルな色彩であふれた絵だとわかった。

入り口を入ってすぐのところに木のテーブルと椅子が置かれていて、『受付』というプレートが置いてあるけれど、人はいない。その横には『ご自由にご覧ください』と書いてあった。

「勝手に入って見てもいいのかな……」

やっぱり受付係の人が戻ってくるのを待ったほうがいいのではないか、と思った

けれど、

「たぶん、大丈夫だよ。入り口のドアが開いてたし、ほかに人もいるし」

景くんがギャラリーの中に視線を巡らせながら言った。

ギャラリー内には、手前のほうに上品そうな年配の女性、奥のほうには中年の男性がいる。それぞれ、壁に飾られた絵を、のんびりと歩きながらひとつずつ見ていっている。

ふたりとも、このギャラリーの人というわけではなさそうだった。

「これに名前を書いておけばいいのかな」

景くんが受付用のテーブルを見ながら言う。

テーブルの上に、ボールペンとノートのようなものが置かれていた。

見てみると、手書きの文字で、都道府県と市町村という程度の簡単な住所と氏名が並んでいた。筆跡がすべてちがうところを見ると、来場した人たちが自分で書いているらしい。何人訪れたか、だれが訪れたかを確認するためなのだろう。

横にメモ用紙が置いてあり、

『お名前の記入は自由です。イニシャル等でもけっこうです』

と書いてあったけれど、わたしと景くんは順番に住所とフルネームを書きつけた。

そして、展示された絵を見ていく。

ひとつめの額縁に一歩、一歩と近づく間、自分でもびっくりするくらい、どきどきしていた。

どんな絵なんだろう。あの虹色の世界の絵だったら、どうしよう。

耳の中に心臓があるみたいに、激しく脈うつ音がした。

でも、その音は、近づいて絵を見た瞬間、徐々に静まっていった。

描かれていたのは、わたしと景くんの見る夢の景色とは、まったくちがっていた。

となりの絵にもさっと目を向けたけれど、やっぱりちがう。

わたしたちは無言で、ひとつずつゆっくりと絵を見ていき、すべて見終わったあとも無言だった。

そりゃそうか、と思う。そんな偶然、そうそうあるわけがない。

飾られていた絵は、抽象画というのだろうか、実際のものや風景を描いたものではなかった。

明るいパステルカラーの絵の具が、キャンバスを埋めつくすように何重にも重ねて塗られている絵だった。

虹色というよりは、虹の七色にかかわらず、とにかくたくさんの色が使われている。

それぞれの絵が、暖色系だったり寒色系だったり、雰囲気は異なるけれど、いずれにしろどれも、なにを描いているのかはわからない抽象的な絵だった。

ただ、どれも、とてもきれいな絵だった。

わたしと景くんは、どちらからともなく二周目に入る。

「いい絵だなあ……」

彼は一枚目の絵をふたたびじっくりと見ながら、嚙みしめるようにつぶやいた。

わたしもうなずいて「うん」と答える。

「すごくきれいだし、優しい感じがする」

「どれも、やわらかくて優しい色だね」

「うん。……どんな人が描いたんだろう」

そのときわたしがなんとなく想像したのは、かわいらしい小柄な女性だった。

きっとおっとりした感じの、口数のすくない、優しい女の人が描いたんじゃないかな。

なんとなく、そう思った。

二周目の鑑賞が終わったとき、入り口のドアが開く音がしたので、わたしと景くんは同時に振り向いた。

そこには、ぼさぼさの長髪に髭面《ひげづら》の、熊みたいな男性が立っていた。

四十歳くらいのおじさんに見えるけれど、もしかしたら髭のせいでそう見えるだけで、実際には三十歳くらいかもしれない。

そんなことを考えながら見ていると、彼はギャラリー内を見まわして、わたしたちに目をとめ「おっ？」と声を上げた。

「わあ、若い子がいる！　めずらしいなあ」

彼は嬉しそうに笑いながらわたしたちに近寄ってきた。

「だれからの紹介？　あ、たまたま見かけて来てくれた？　あっ、もちろんぜんぜんいいんだよ、だれでもどうぞ見て行ってください！　って感じの軽いやつだから」

突然のことに驚いてすぐには反応できずにいると、彼はにこにこしながら次々と話しかけてくる。

話の内容から考えると、どうやらこの人はギャラリーの人らしい。

「はじめまして、芳川景といいます」

となりで景くんが丁寧に頭を下げたので、わたしははっと我に返った。

「おっ、芳川くんか！　どうもどうも。おれは矢野憲介《やのけんすけ》だよ」

「矢野さん、ですね。お会いできて光栄です」

「それはおれのセリフだよ！　いやほんと、今日は来てくれてありがとう」

「いえ、こちらこそ。あの、今日は、僕が昔、絵を習っていた教室の先生から、こちらの個展の案内状が送られてきまして、僕の好きそうな個展だよって。それでおじゃまさせてもらいました」

「ああ、なるほど、紹介で来てくれたのか！　おやじの知りあいの先生かな……」

　矢野さんは景くんの言葉にうなずき、それからひとりごとのように言った。その間もずっとにこにこしている。

「あの……」

　会話の切れ目を見つけて、わたしはやっと声を上げた。ちゃんとあいさつをしなきゃ、と思ったのだ。

「はじめまして、おじゃましてます。緒方です」

　いつもの癖で、下の名前を言いそびれてしまう。恥ずかしいからなるべくこの名前を名乗りたくない、という気持ちが勝手にじゃまをするのだ。

でも、今さら名乗りなおすのも不自然だと思うので、そのまま話題を変える。

「……あの、勝手に入っちゃったんですけど、大丈夫でしたか？」

念のためそうたずねると、彼は「もちろん！」と豪快に笑った。

「入場無料だし、っていうかただの趣味みたいなもんだから、お金なんてとれないしな。むしろ見ていってくれるだけでありがたいよ、こっちがお金払いたいくらい、っつってもたいして金もってないから無理なんだけどな、あはは！」

矢野さん、なんて陽気な人なんだろう。正直なところ、わたしの苦手なタイプの人だ。

でも、不思議と、いやな感じはしない。話しにくさも感じない。

むしろ、なんだか懐かしいような気さえする。

……懐かしい？

自分の思考に引っかかりを感じて、思わず首をかしげた。

懐かしいなんて、あるわけがない。もちろんこの人には会ったことがないし、似た人にさえ会ったことがない、と思う。

違和感をおぼえつつ、ふととなりを見ると、景くんも首をかしげて、なにか考えこむような顔をしていた。

「いやほんと、こんな小さい個展、わざわざ見にきてくれて、ありがたいったらありゃしない。ほんと、なんかお礼ができたらいいんだけどなあ」

そう言ってからから笑う矢野さんに、景くんが考えごとをやめて、「あの」と呼びかける。

「あなたがこの絵を描かれたんですか？」

「おう、そうだよ！　趣味に毛が生えた程度だけど、サラリーマンやりながら、細々と絵描きをつづけててね。たまにこうやって個展やらせてもらって、恵まれてるよ、本当に。まあ、ぜんぜん売れないんだけどな、あははは！」

「サラリーマン……」

あ、やばい、声に出してしまった。

だって、この風貌《ふうぼう》でサラリーマンって。わたしは矢野さんを見上げて、まじまじと見つめる。

肩につきそうな長髪も、顔の下半分を覆う髭も、やっぱり『サラリーマン』という言葉のイメージとはかけはなれている。

とはいえ、こんなリアクションはあまりに失礼なので、わたしは慌てて「すみません」と謝って頭を下げた。

でも矢野さんは、おかしそうにあははと笑い、

「大丈夫、大丈夫、気にすんな！　いつも言われてるから、サラリーマンには見えないって」

「え、ええと、あの……はい」

「まあ、サラリーマンっていっても、いろんな業種や職種があるから。こんな風体でも雇ってくれる会社はあるわけさ」

反応しづらくて、わたしはただ微笑んでうなずく。

そのとき、景くんが、「あの」と矢野さんに声をかけた。

「とても色彩豊かで、見てるだけで楽しくなる絵ですね」

「おお、そんなこと言ってくれるのか、ありがとな」

「矢野さんは、どうしてこういう作風でやってらっしゃるんですか？」

「おっ、それ訊いちゃう？」

彼はなんだか嬉しそうに、にやにやしながら言った。それから景くんの肩を抱える。

わたしは驚いて矢野さんを凝視してしまう。初対面の人の肩をいきなり抱えるなんて、わたしには絶対無理だ。なんて壁のない人なんだろう。

「じゃあ、せっかくだから、茶でもおごろうか」

矢野さんが景くんとわたしを交互に見て言う。

「え……っ、え？」

わたしは戸惑いが大きくて、すぐには返事ができない。

「あの……どういう……？」

景くんは、作風についてたずねたのに、その話の流れで、どうしてお茶に行くことになるのだろう。しかも、おごってくれるなんて。

さすがの景くんも驚いているようで、目を丸くして矢野さんを見上げている。

わたしたちの怪訝《けげん》な顔を見ながら、矢野さんはけらけらと笑った。

「まあ、そう警戒しなさんな。ゆっくり話せるところがあるからさ、来てくれたお礼も兼ねて。ちょうどすぐ近くだから、よかったら付きあってくれ」

「あ……はい。いいんですか？」

「おうよ」

「じゃあ、よろしくお願いします」

なにがなんだかわからないまま、わたしと景くんはうなずき、手招きしながら歩きだした矢野さんのあとを追ってギャラリーを出た。

＊

クリスマスソングが流れる商店街をしばらく歩き、矢野さんがわたしと景くんを連れていったのは、駅裏の小さな喫茶店だった。

店の名前を見た瞬間、わたしと景くんは目を見あわせた。

『喫茶　にじいろの花』

店の入り口のドアのガラスにペンキで書かれた文字を、ふたり肩を並べて凝視する。

「虹色の花………」

あの夢に出てくる花が、どうしても思い浮かんでしまう。

「………偶然、かな?」

「まだわからないね………」

話しあうわたしたちの横で、矢野さんがドアノブをつかんでぐっと押した。

ドアがゆっくりと開く。

「おやじ、おふくろ、じゃまするよー」

「えっ」

「えっ？」

わたしと景くんは同時に顔を上げ、矢野さんを見上げた。

おやじ、おふくろ、ということは、ここは矢野さんの両親が営んでいる店なのだろうか。矢野さんはそんなことはなにも言っていなかったので、びっくりした。

彼はそれに気づく様子もなく、店の中に入って、「どうぞ」とわたしたちを手招きした。

「入って、入って」

「あ……はい、ありがとうございます」

「おじゃまします……」

店の中は、すべてが木でできていた。

壁も天井も床も、テーブルも椅子もベンチも、キッチンカウンターも。

目に見える範囲にあるすべてが、落ち着いた焦げ茶色の木材でつくられている。

不思議と、店自体があたたかい空気に包まれているような感じがした。

ぬくもりに包まれている。

「あらっ」

キッチンの中でなにか作業をしていた六十代くらいのおばさんが、目を丸くしてこちらを見た。

「憲介、ギャラリーのほうはいいの？　今日も個展やってるんでしょう？」

「おう、大丈夫、大丈夫」

どうやらこのおばさんが矢野さんの母親らしい。

「大丈夫っつったって、あんたねえ」

呆れたように言うおばさんは、いかにも下町育ちという感じの、しゃきしゃきとした口調だ。

「自分の個展だってのに、ほったらかしなんだから。どうしてこんなちゃらんぽらんに育っちゃったんだかねえ」

「あははっ！　どうせほとんど人は来ないし、ぼーっと座ってるだけだとどうにも眠くなるからさ」

「緊張感のない男だねえ、あいかわらず」

「ってわけでひまつぶしに散歩して、さっきギャラリーに戻ったら、この若いふたり組が絵を見てくれてて、しかも嬉しいこと言ってくれて、こりゃなんとしてでも茶くらいおごらないと！　ってなわけで、連れてきたわけですよ」

「おごるってあんた、どうせツケだとかなんだとか言って払いもしないんでしょうが」

　おばさんが肩をすくめて大げさなため息をつくと、矢野さんはがははと声を上げて、

「出世払い、出世払い！」

と豪快に笑った。どうやら常習犯らしい。

ふたりの軽快な言いあいがおかしくて、わたしと景くんは顔を見あわせて笑った。

するとおばさんがわたしたちに目を向けて、矢野さんに言う。

「で、なんだって？　そっちのおぼっちゃんとお嬢ちゃんが、憲介の個展の客なんだね？」

「あっ、はい！」

　突然話がこちらにやってきたので、わたしと景くんはぴっと姿勢をただした。

「はじめまして、芳川景です」

「はいはい、どうもねえ、憲介の母です。なんだかうちのバカ息子がお世話になっ

たそうで、ありがとねえ」

「いえ、こちらこそ」

おばさんと景くんがあいさつを交わしたので、わたしも慌てて口を開いた。

「あの、こんにちは、はじめまして。緒方……きららといいます」

今度はちゃんと下の名前まで言えた、と内心安堵しつつ頭を下げて、また上げると、おばさんがなぜか目を丸くして動きを止めていた。

「きらら……？」

ひとりごとのように、おばさんがつぶやく。

「……？　あの、どうしましたか？」

なにかまずいことをやってしまったのかも、と焦りつつ、びくびくしながらそうたずねると、おばさんははっとしたように我に返って、また笑みを浮かべた。

「いえ、ごめんなさいね。ちょっとね、昔の知人の名前だったもんだから、懐かしくなっちゃってね」

「あ……はい、そうですか」

そんなによくある名前でもないので、珍しい偶然もあるものだな、と思いつつうなずく。

「ごめんねえ、変な反応しちゃって。さ、堅苦しい自己紹介は終わり！　ほら憲介、なにぼーっとしてんだい、ふたりを座らせてやんな」

おばさんが矢野さんの背中をばしんと叩く。威勢のいい人だ。

「はいはい、おおせのままに」

矢野さんはそう言って肩をすくめて笑い、わたしと景くんを手招きした。

「芳川くん、緒方さん、こっち、このテーブル、座って座って」

「あっ、はい、ありがとうございます」

「ありがとうございます」

わたしたちは矢野さんが案内してくれた、窓際の丸いテーブル席に腰をおろした。

窓ガラスからたくさんの陽射しが入ってきて、照明がいらないくらい明るい。

「そんで、おやじは？」

わたしたちの向かいに座った矢野さんが、店の中をぐるりと見まわしておばさんにたずねる。

「なんか散歩だか買いだしだかって言って、一時間くらいまえに出てっちゃって、それっきりよ」

三人ぶんの水のグラスをもってきてくれたおばさんが、また呆れたように言う。

「ちょっと油断するとふらーっと外に出てっちゃうんだから。あ、おふたりさん、オレンジジュースでいいかい？」

また突然こちらに話が飛んできて、慌てて首を縦に振る。

「あ、はい、大丈夫です」

「すみません、お願いします」

わたしのとなりに座った景くんが、丁寧に頭を下げた。

「はいよ、ちょっと待っててね。はあ、それにしたって、ほんと困ったもんだよ、うちの男どもは。ふたりしてふらふら、ふらふら……」

おばさんはキッチンに戻りながらも愚痴《ぐち》っぽい口調で矢野さんに話しかけている。

「いやあ、血は争えないって言葉は本当だよなあ」

矢野さんはまったく気にせず、まるで他人事《ひとごと》のように笑った。

「まあまあ、ちょっとくらい外の空気を吸いにいったっていいだろ。おやじだって息抜きがしたいんだろうさ」

「あの人はずーっと息抜きしてるみたいなもんだよ。あたしがひとりで店まわさなきゃなんないんだから」

「いいじゃないか、どうせいつだって閑古鳥《かんこどり》が鳴いてんだからさ」

「うるさいねえ、余計なお世話だ。あんたの個展ほどじゃないよ」

おばさんと矢野さんは、間断なくぽいぽいと言葉のキャッチボールをしている。まるで漫才でも見ているみたいな気分だった。

軽妙なやりとりを微笑ましく聞いていると、不思議な懐かしさのようなものが胸をいっぱいにする。

どうしてだろう。すごく落ち着く感じがする。

無意識のうちに、再放送かなにかで見た昭和時代のホームドラマを思いだしたりしているのだろうか。そういうドラマには、こういう、なんでもあけすけに言いあう仲のいい親子が出てきそうな気がする。

そんなことをぼんやりと考えながら、わたしは店の中に視線を巡らせた。

はじめて来た場所なのに、なぜだかずっとまえから知っているような、ずっとここに戻ってきたいと思っていたような、そんな錯覚をおぼえる。

懐かしい。また、そんな不思議なことを考えていた。

店の至るところに、いろいろな人形や動物の置きもの、小物入れのような容器や皿などの雑貨類が飾られていた。観光地のお土産《みやげ》もののようなものに見える。旅行好きな家族なのかもしれない。

そのとき、突然、視界のはしで、となりの席の景くんの身体が、びくりと大きく震えた。そして息をのむような音。

どうしたんだろう、とびっくりしてとなりに目を向ける。

景くんは、これ以上ないくらいに大きく目を見開いて、ある一点を見つめていた。

「……どうしたの？　大丈夫？」

声をかけながら、わたしも彼の視線を追った。

そして、その先にあるものを見た瞬間、わたしの身体も景くんとおなじように、痙攣《けいれん》するように震えた。

「え……あ、あれ……」

声がかすれて、震える。

わたしたちの視線を釘《くぎ》づけにしているのは、壁にとりつけられた棚に置かれている、一冊の絵本。

表紙に、クレヨンで書かれたようなタイトルの文字が並んでいる。

――『にじいろのくに』

「虹色の国……？」

読み上げた声は、さっきよりももっとかすれている。

だって、この表紙の絵は。

虹色の光が降り注ぐ、虹色の海の底。虹色の魚、虹色のくらげ、虹色の鯨、虹色のいそぎんちゃく。

わたしたちの夢に出てきた、そのままの世界。

わたしと景くんは、同時に立ち上がった。

あまりにも勢いがあったので、ふたりぶんの椅子《いす》が大きく音を立てた。

矢野さんがびっくりしたように、

「わっ、どうした？」

と声を上げ、なにごとかときょろきょろしている。

「どうしたの、虫でもいたかい？　大丈夫？」

おばさんはキッチンからのんびりと声をかけてきた。

でも、わたしも景くんも、彼らの反応に対してなにか返すことすらできない。

おかしいくらい、動悸が激しい。身体中が心臓になったみたいに、全身の血が沸騰したみたいに、ばくばく暴れている。全身が熱い。

なんだろう、この感覚は。

ああ、そうだ、興奮しているのだ。わたしは今すごく興奮している。そして、喜びに震えている。

ずっと探していた夢の世界にすこし似ているもの、もしかしたら手がかりになるかもしれないもの、それを見つけた。たったそれだけのはずなのに、そんなレベルではない感情の昂《たかぶ》り。

ありえないくらい、興奮して、喜んでいる。

どうしてなのか、自分でもわからない。

胸の中で痛いくらいに暴れている心臓の鼓動を感じながら、ぎこちない動きでとなりの彼を見る。

景くんは、呆然《ぼうぜん》としたような顔をしていた。

わたしはロボットみたいに軋《きし》む首をゆっくりと動かして、矢野さんを見た。そして絵本を指差す。

「あ……あれ、み、見て、見てもいいですか」

「えっ？　なに？」

矢野さんがわたしの指の差すほうを見て、また視線をこちらに戻し、

「あれ？　『にじいろのくに』って絵本？」

「はっ、はい」

「いいけど……」

彼は椅子から立ち上がり、壁棚に手を伸ばして絵本を手にとった。

そしてこちらに差しだしながら、

「これなあ、うちのおやじの手づくりの絵本なんだ。ずーっと昔に、おれの兄貴が子どもだったころに、兄貴のために自分で描いたって。プロでもなんでもないし、子ども向けだから、読んでもあんまりおもしろくないかもしれないけど」

と矢野さんは言った。わたしと景くんの様子に違和感をおぼえているようで、腑に落ちないような顔をしている。

となりで景くんが、

「手づくりの絵本……？」

不思議そうにつぶやきながら、首をかしげている。わたしもおなじ気持ちだった。

もしかして、おぼえていないくらい小さなころに、わたしも景くんもこの絵本を読んだことがあって、それが夢に出てきていたんじゃないか。絵本の表紙の絵に気づいたときにわたしが立てた仮説はそれだった。

でも、矢野さんのお父さんの手づくりということは、その仮説は成り立たないということになる。

それでは、わたしたちの夢とつながる理由が見つからなくなってしまう。

矢野さんが差しだしてくれた本を、景くんが受けとった。

手づくりというだけあって、それはわたしたちがよく知っている、分厚くて堅い表紙の本ではなく、画用紙を何枚も貼りあわせて、表紙と裏表紙を厚紙で補強しただけのものだった。

しかも、日に焼けたように色褪せて変色しているし、ところどころ染みや汚れもあり、のりで貼りあわせた部分が剝がれてきたのかテープで補修してあるところもあった。

「中を……、見てもいいですか」

景くんが矢野さんにたずねる。

「どうぞ、好きなだけ見ていいよ」

「お父さんに許可をとらなくても大丈夫でしょうか」

「大丈夫、大丈夫。まあ、おやじは恥ずかしがるだろうけど、なんだかんだ自慢の作品みたいだから、喜ぶと思うぞ」

「じゃあ……ありがとうございます」

「お言葉に甘えて、見せてもらいます」

わたしと景くんは頭を下げ、さっそく絵本に目を落とした。

まずはふたりで、表紙をじっくりと眺める。

やっぱり、似ていた。とても似ている。夢の中に出てくる虹色の海の風景にそっくりだ。

景くんがゆっくりとページをめくる。指がかすかに震えていた。

最初のページは、ふつうの世界だった。虹色ではない、ふつうの世界。

赤い屋根に白い壁、青いドアの家。水色の池のほとりに、緑の草木と、黄色い花が咲いている。

天道虫や蜜蜂、紋白蝶に揚羽蝶。

その上に広がる空は青く、雲は白く、太陽は橙色。

ごくごくふつうの世界の絵。

次のページをゆっくりとめくる。

すると、おなじ構図の絵が、すべてモノクロで描かれていた。

『あるひ　とつぜん　せかいから　いろが　なくなってしまいました』

白黒の絵の真ん中に、手書きの文字でそう書かれている。

そして、ページの最後には、小さな男の子がいて、

『ぼくが　みんなのいろを　とりもどしてあげる！』
と満面の笑みを浮かべていた。
『いろをさがしにいこう！』
その次のページでは、
『ぼくは　なんにちも　なんにちも　あるきつづけました』
無彩色の世界を、ひとり歩く男の子の絵に、そんな言葉が添えられている。
またページをめくると、
『そして、とうとう　みつけたのです。にじいろの　くにを！』
一面の虹色が広がった。虹色の草原だ。
虹色の花、虹色の蜜蜂、虹色の揚羽蝶、虹色の果実、虹色の向日葵、虹色の石。
そこには、夢に出てきたものたちが、すべて描かれていた。
見た瞬間に、全身の肌が粟立《あわだ》った。
これだ。わたしたちが探していたのは、これだ。
ぱっと顔を上げてとなりを見ると、景くんが興奮を隠しきれないような表情で、
こくりとうなずいた。
『にじいろの　くには　なにもかもが　にじいろでした。ぼくは　うれしくて　う

れしくて　はらっぱを　はしりまわります』

『にじいろの　さばくが　ありました』

『にじいろの　うみで　およぎました』

『にじいろの　ゆきが　ふっています』

ページをめくってもめくっても、知っているものしか出てこない。

これはもう、絶対に、まちがいない。偶然なんかじゃない。

わたしは、この絵本を知っている。知っていた。ずっと昔から知っていた。

記憶にはないけれど、きっと、おぼえていないくらい小さいときに、この絵本を、『にじいろのくに』を見たことがあるのだ。

一度や二度、見ただけではなくて、細かいところまで、すべてのページのすべての絵を、すべておぼえるくらいに、何度も何度も、舐《な》めるように見たはずだ。

そうじゃないと、こんなにおぼえているはずがない。

こんなにも、泣きたくなるほど、懐かしいはずがない。

『せかいに　いろが　もどってきた！　やったー、やったー！　おしまい』

最後のページをめくったあと、わたしと景くんはゆっくりと顔を上げ、矢野さんを見た。

「身内びいきみたいで恥ずかしいけど、なかなか味のあるいい絵だろ？」

「はい……」

わたしと景くんは顔を見あわせ、それからまた矢野さんに視線を戻した。

景くんが、「あの、矢野さん」と呼びかける。

「ん？　どうした？」

「この絵本……どこかで売ってたりしますか？」

「えっ？」

「たとえば、なんだっけ……自費出版って言うんでしたっけ、そういうのとか」

景くんの言葉に、わたしもつづける。

「あとは、だれかにおなじものをつくってあげたとか、インターネット上で公開してるとか」

「いやあ……？」

矢野さんは、どうしてそんなことを訊かれるのかわからない、というように首を捻《ひね》りながらも、ちゃんと答えてくれる。

「おれの知ってる範囲では、ないと思うけど……おーい、おふくろ」

矢野さんに呼ばれて、おばさんが「はーい」とこちらへやってくる。

「はいはい、お待たせいたしました」

おばさんがもってきたお盆の上には、ホットコーヒーがひとつとオレンジジュースがふたつ、それとサンドイッチがのせられている。どうやらつくってくれていたらしい。

わたしと景くんは慌てて「ありがとうございます」と頭を下げる。

「たいしたもんじゃないけどね、よかったらどうぞ、召し上がれ」

「いただきます」

ひときれずつ手にとり、口に運ぶ。たまごサラダとハムと薄切りのトマト。素朴で優しい味がする。

また、懐かしい、と思った。この味だ、と思ったのだ。

自分でも理解できない、出どころのわからない郷愁。

「なあおふくろ、このおやじの絵本って、どっかで出版したとか、だれかにおなじものをあげたとか、そういうのあるか？」

矢野さんがコーヒーを飲みながら、わたしたちの代わりに訊いてくれた。おばさんは「へ？」と目を丸くして、答えてくれる。

「あら、そんなわけないじゃないか。ただの素人《しろうと》の絵だよ、ここにあるこれだけさ」

「だよなあ、やっぱり。世界にひとつだけの絵本、ってやつだな」

景くんが「じゃあ」と口をはさむ。

「店のお客さんが、よく読んでるとか、そういうのもありませんか？　……変なことばっかり訊いてすみません」

「いや、そんなのぜんぜんいいんだけどね。たぶん、お客さんにも読ませたことはないかな。小さい子なんてめったに来ないし、ずっとあそこに飾ってるだけだからみんな気づいてもないと思うよ。うちのお客さんが読むのは、そっちの本棚に置いてある新聞か雑誌ばっかりだからね」

「そう……ですか」

わたしと景くんは、また顔を見あわせる。

それから同時に、テーブルの上の絵本に目を落とす。

世界にたった一冊だけの絵本。どうしてわたしたちは、この絵本の中身を、あんなにも細かく知っているのだろう。

たとえばわたしたちが小さいころにこの店に来たことがあって、この絵本を読ませてもらっていたという可能性も思いついたけれど、すぐに打ち消した。

景くんは中学時代までずっと県外にいたのだ。この絵本を見る機会はなかったはず。

「じゃあ、たとえば、どこかの風景をモデルにして描いたとか……」

つづけてわたしがたずねると、矢野さんとおばさんが同時に首を振った。

「いや、全部自分の想像で描いたって、おやじは言ってたけど……」

「そう……ですよね……」

どう考えればいいのかわからずに、わたしたちはまた、最初のページから読み返してみる。

あらためて落ち着いてよく見てみると、描かれている絵は、素朴な感じだった。正直なところ、ものすごくうまいということはない。技術的には、プロの絵描きさんの絵というよりは、ちょっと絵が得意な一般人が描いた絵、という感じだと思う。絵には詳しくないわたしでも、なんとなくそれはわかった。

そして、そんなに細かいところまで描きこまれているわけではない。そういう点で、夢の中の景色とは、すこしちがう。

夢の中の景色は、むしろこの絵をもっとリアルにしたような、もっと現実感のある景色だ。出てくるものはおなじだけれど、もっと写実的にしたのが夢の世界だ。

そう考えると、あの夢は、この絵本がそのまま夢に出てきたというわけではないのかもしれない。

ということは、どういうことだ？

やっぱり理解ができない。わからない。

「……僕ね、子どものころ、あるアニメ映画が大好きで」

突然、景くんが前触れもなく、そんな話をはじめた。

「家にそのＤＶＤがあるんだけど、それを何十回もリピートして見てたんだ」

絵本や虹色の夢にどう関係するかわからなかったけれど、わたしは「うん」とあいづちを打って、つづきを待つ。

「もう本当に、ストーリー展開もセリフもおぼえちゃうくらい、何回も見ててね。で、そのＤＶＤを、去年だったかな、十年ぶりくらいに見たんだけど」

「うん」

「そしたら、本当に不思議なんだけど、映像として懐かしいんじゃなくて、体験として懐かしいっていう感覚だったんだ」

その言葉に、わたしは小さく首をかしげる。

「映像じゃなくて、体験として？　それって、どういう……」

「なんていうのかな、アニメの絵を見てただけのはずなのに、まるで自分がその映画の世界の中にいたことがある、みたいに感じたんだ」

　架空の世界のはずなのに、まるでその世界を実際に体験したことがあるように、それほどリアルに感じる、ということだろうか。

「たとえば、主人公が飼い犬の頭を両手で包んで、くしゃくしゃーってするシーンがあるんだけどね、なぜかそのシーンを見てたら、自分の手のひらに、その犬のふわふわの毛のやわらかい感触が甦ってきたんだ。本当に触ったことがあるみたいに」

「………」

　だんだん、景くんの伝えようとしていることがなんなのか、わかってきた。

「そのとき思ったんだけど………子どもの想像力って、きっと、この年まで成長した僕たちには想像もできないくらい、ものすごく大きいんだよ。とんでもない想像力をもってたんだ」

　景くんは絵本のページを穴が開きそうなほど、まっすぐなまなざしで見つめながら語る。

「テレビの画面に映る映像を見ながら、まるで、本当にその世界の中に入りこんだみたいに、ものすごくリアルに想像して、感じてるんだ。視覚的な映像だけじゃなくて、音やにおいや、感触まで、ほんものみたいに想像しながら見てる」

景くんの指が、虹色の石の絵にそっと触れる。

わたしの手のなかに、夢の中で触れた石の感触が、冷たくてずしりと重い感触が、甦ってくる。

蜜蜂の絵を見ると、耳もとで羽音が聞こえた気がした。

「たぶん、アニメだけじゃなくて、絵本でも、おなじなんじゃないかなって……今さっき、思いついて……」

わたしは「うん」とうなずく。

矢野さんとおばさんは、わたしたちの会話を、黙って聞いていた。

きっと、なんの話をしているか、まったくわけがわからないだろう。

「……景くん、今日、スケッチブックもってる？」

わたしが静かにそう口にすると、彼は同じことをすでに考えていたようで、怪訝な顔をすることもなく小さくうなずき、バッグの中からスケッチブックをとりだした。

中には、わたしと夢の話をしながら描いた、虹色の絵の下書きがたくさんある。

鉛筆で描いた線画に、色鉛筆で軽く色をつけたもの。キャンバスに絵の具で描く前の下書きだ。

彼は虹色の海の絵を描いてあるページを、絵本の表紙と並べて、矢野さんたちに見せた。

「まあ、そっくりだね」

おばさんが目を丸くして、スケッチブックを見つめる。

「これは芳川くんのオリジナルの絵なんだよな？　それにしては、おやじの絵本とずいぶん似てるなあ。不思議な偶然もあるもんだ……」

矢野さんもびっくりしていた。

すると景くんは小さく首を振り、次の絵を見せる。虹色の街の絵。これも、絵本の中にあったものとほとんどおなじだ。

矢野さんとおばさんが息をのんだ。

「これ……僕ときららちゃんが、小さいころから何度も繰り返し見ている不思議な夢の世界を描いたものなんです」

「えっ、夢？」

確認するように訊き返されて、景くんは静かにうなずいた。

「そうです。何百回と見てる夢です。世界のすべてが虹色の夢。僕たちはそれを『虹色の夢』、『虹色の世界』と呼んでいます」

矢野さんとおばさんが、わたしと景くんの顔を交互に見る。わたしは「はい」とうなずいた。

「僕たちは、最近知りあったばかりです。もともとは遠く離れた土地に住んでいて、一ヶ月くらいまえにたまたま知りあいました。そのきっかけが、虹色の絵でした。僕が夢の中の景色の絵を描いているのを見て、彼女が『自分もおなじ夢を見る』と教えてくれたんです」

彼の言葉をついで、わたしも口を開く。

「わたしたちは、見ず知らずのふたりがたまたまおなじ夢を見るということは、この虹色の夢の景色が、どこかに実在するかもしれない、と考えました。本当にあるならぜひ行ってみたいと思って、このところずっと調べてたんです。でも、なかなか手がかりが見つからなくて……行き詰まっていました。それで今日は、たまたま景くんが案内状をいただいた『The Rainbow World』……虹色の世界、という言葉にひかれて、矢野さんの個展におじゃましてみたんです」

わたしの言葉を聞いた矢野さんが、「まさか」と驚きの声を上げる。

「そんなことが……あるのか？　ありうるのか？」

呆然としている矢野さんと、黙りこくったままのおばさんのまえに、今度は虹色の草原の絵を並べて見せる。

「ああ、ひさしぶりにこの絵本の中を見た。懐かしいねえ……」

おばさんが、絵本のほうを見つめながら、目を細めてつぶやいた。

「……うちには息子がふたり。ここにいる憲介と、その上にもうひとり、隆介《りゅうすけ》っていう息子がいる」

ゆっくりと語る声が、すこしずつ震えてくる。

「隆介は、子どものころ、この絵本が本当に大好きでねえ。あたしは毎日毎日ねだられて、何回も何回も読み聞かせたから、まだ全部おぼえてる。そらで朗読できるくらいだよ」

おばさんの目じりには、透明な宝石のようなしずくが浮かんでいる。

それから、涙に潤んだ瞳を、景くんのスケッチブックの絵に向ける。

絵本に出てくる世界を、まるで実在の風景のようにリアルに描いた絵。

「……不思議なことも、あるもんだね」

おばさんの震える肩を、励ますように矢野さんが抱きかかえる。

「……隆介は、十八年前、バイクを運転してるときに、事故で亡くなった」

わたしと景くんは、同時に息をのんだ。

「バイクで転倒して頭を強く打って……身体にはすり傷や打撲くらいで大きな怪我《けが》はなかったんだけど、頭をね、やられちまって。……『脳死状態です、今は機械で生命を維持している状態で、機械を外したら、心臓も呼吸も止まります』って、お医者さんに言われてね……」

そこでおばさんは、言葉を切った。

呼吸をととのえるように、肩で息をしている。矢野さんの腕に力がこもったのが、見ているわたしにもわかった。

「……あの手紙を、とってきてくれないかい、憲介」

おばさんが、うめくような声で言った。うつむいているのでよく見えないけれど、もしかしたら、泣いているのかもしれない。

「ああ、ちょっと行ってくるよ」

矢野さんがゆっくりとうなずき、おばさんの肩を優しくぽんぽんとたたいてから立ち上がった。キッチンのほうへとゆっくり歩いていく。

わたしと景くんは、なにも言えずに、硬直したまま、彼のうしろ姿を目で追う。

　矢野さんはキッチンの奥に姿を消し、しばらくして戻ってきた。

　彼の手には、五通の封筒があった。矢野さんは椅子に深く腰かけてから、とてもとても丁寧な、宝物をあつかうような手つきで、その中の二通を選びだし、わたしたちのまえに並べる。

　目の前に置かれた一通の手紙が、わたしの目を釘づけにした。淡いピンク色の封筒。その宛名には、こう書かれていた。

『ドナー様、ご家族の皆様へ』

　どくっ、と心臓が音を立てる。

「……さ、触っても、いいですか……」

　わたしはかすれきった声でたずねた。おばさんと矢野さんが、同時にうなずいてくれる。

　ゆっくりと、ピンクの封筒に手を伸ばす。その手は、自分でもびっくりするほど、がたがたと震えていた。

　封筒を手にとり、じっと見つめる。まちがいない。家の中のいたるところに残っているから、お姉ちゃんの化粧ポーチにしっかりと残っているから、ひと目見ただけでわかった。

「……お母さん」

それは、まちがいなく、わたしのお母さんの筆跡だった。

となりで景くんが、わたしとおなじようにゆっくりと手を伸ばし、薄いブルーの封筒を手にとった。

「……これは、僕の母さんの字だ」

すべてがつながった瞬間だった。

おばさんが、突然、テーブルに突っ伏した。

「ああ……」

嗚咽まじりの涙声で、ああ、ああ、と繰り返している。

矢野さんがおばさんの背中に覆いかぶさるように抱きつき、「うん、うん……」とうなずいた。

「そうか、そうなのか……」

うつむいたまま言った矢野さんの声も、かすれ、震えている。

わたしも、景くんも、封筒を手にしたまま、動けない。

そのとき、ぎいっと音がして、入り口のドアが開いた。

「よっ、旦那さまのお帰りだぞー」

矢野さんによく似た、熊みたいに大きな身体のおじさんが、飄々《ひょうひょう》と手を挙げて中に入ってきた。

でも、わたしも景くんも、おばさんも矢野さんも、言葉が出ない。

「……んっ？　なんだ、この空気は……」

おじさんはわたしたちのテーブルを凝視して、おばさんの姿に目をとめると、一瞬にして青ざめ、こちらへ駆け寄ってきた。

「どっ、どうした！　どうした母さん！　具合が悪いのか⁉　どこか痛むのか⁉」

おばさんがゆるゆると顔を上げた。

涙でぐちゃぐちゃになったその顔を見て、おじさんが動きを止める。

「ちがう、ちがうんだよ……」

おばさんが首を横に振った。

「この子たち……隆介のレシピエントの……お子さんなんだよ」

おじさんは大きく目を見開き、驚愕《きょうがく》の表情でわたしと景くんを見つめた。

開いたままのドアをすり抜けて、音の消えた店内に、場ちがいなくらいに明るいジングルベルが流れこんできた。

6

虹色の国の果てへ

*

隆介さんは、おじさんとおばさんの長男で、矢野さんにとっては十歳上のお兄さんだった。

バイクでツーリングをするのが趣味だった隆介さんは、大学二年生の夏、長期休暇を利用して、ひとりバイクで旅立った。

その途中で、突然の転倒事故が起きてしまった。雨が降りだして、道が滑りやすくなっていたらしい。

「朝ね、『じゃあ、行ってくるわ』って嬉しそうに笑いながら玄関を出ていく隆介を、『ほんとバイクが好きだねえ。行ってらっしゃい』って軽く言って送りだして……。まさかその日に事故に遭うなんて、それっきり話もできなくなるなんて思ってもないから、がちゃってドア閉めて、すぐに鍵も締めて……うしろ姿さえ見送らなかった。ああ、なんであのとき、ちゃんと玄関から出て、駐車場までいっしょに行って、『気をつけなさいよ、ちゃんと無事に帰ってきなさいよ』って言って、隆介のバイクが見えなくなるまで見送らなかったんだろうね、あたしは……」

　おばさんがそう言って泣き崩れた。となりでその肩を抱き、次はおじさんが口を開く。

「おれは前の晩、飲んだくれて早々に寝ちまって、隆介が帰ってくるのも気づかなかった。あのときはまだこの店をやるまえで会社づとめをしてたんだ。事故の日は仕事で早かったから、それで隆介が起きるまえに家を出ちまって……。『おかえり』も『おやすみ』も、『おはよう』も『行ってらっしゃい』も、なんにも言ってやれんかった。それがなあ、もう、本当に、申し訳なくて申し訳なくて……」

　気丈に語るおじさんも、やっぱり涙ぐんでいて、ときどき手のひらをぐっと目に押しつけている。

「……隆介と最後に交わした言葉はなんだったか、よくおぼえてないんだ。事故の前日の朝、顔をあわせたはずなんだが、どんな会話をしたんだったか……ちゃんと『おはよう』、『行ってきます』とあいさつをしたか……まったくおぼえてない。平穏な毎日がまだまだずっとつづくはず、いっしょに暮らしてる家族なんだからまたすぐに会える、帰ってきてあたりまえ、……そんなふうに、思いこんでたんだよな。今日とおなじ明日が来るなんて保証はどこにもないのに……」

矢野さんが、おじさんの話に何度も何度もあいづちを打っている。

ふいに、お父さんとお姉ちゃんの顔が浮かんだ。そして、写真立ての中で笑うお母さんの顔も。

わたしの家の、あいさつを絶対に欠かさないというルール。

おはよう、おやすみなさい。

行ってきます、行ってらっしゃい。ただいま、おかえり。

いただきます、ごちそうさま。

ごめんなさい、ありがとう、どういたしまして。

勉強しなさいと厳しく言われることはなかったけれど、あいさつをしなかったり、忘れていたりすると、幼いころからすぐに注意されていた。

それを、わたしは、ただ『礼儀に厳しい』家なのだと思っていた。

でも、きっとちがう、そうじゃなかったのだと、おじさんたちの話を聞いてやっとわかった気がする。

わたしのお母さんは、命に関わる重い病気だった。いつどうなるかわからない、明日が来る保証なんてない、次の瞬間には倒れているかもしれない。たぶん、そういう不安と恐怖の中で、毎日をすごしていた。

それは、お母さん自身だけではなく、お母さんを大切に思っている人にとってもおなじで、お父さんも、そしてきっと幼いお姉ちゃんも、いつお母さんがいなくなるかわからないという不安を抱えながら、お母さんといっしょに暮らしていたのだろう。

だから、わたしの家では、毎日のあいさつを大事にしていた。

一日の終わり、眠りにつくまえに顔をあわせる、それが最後になるかもしれない。夜が明けたあと、相手がいつもとおなじように目を覚まして起きてくるかはわからない。だから、どうかなにごともなく朝が来ますように、という祈りとともに、『おやすみなさい』と伝える。夜が明けて、また顔をあわせることができたら、『おはよう』と喜びあう。

朝、家を出て、無事に帰ってこられるかはわからない。朝、見送ってくれた人が、帰ってきたときにまた家にいるかはわからない。だから、どうか気をつけて、どうか無事に帰ってきてという願いをこめて、『行ってきます』、『行ってらっしゃい』と言葉を交わす。

今、目のまえにいる人と、お互いに元気で会話ができるのはこれが最後かもしれない。もしかしたらもう二度と生きて会えないかもしれない。だから、なにかをしてもらったそのときに、その都度『ありがとう』と伝えることを、『どういたしまして』と応えることを、忘れたらいけない。

お父さんの日々の教えの中に、お姉ちゃんの毎日の言動の中に、そういう思いが、お母さんを失ったという実体験をもとにした思いがこめられていることに、わたしは十六歳になるまで気づけなかった。

お母さんの命と引き換えに生まれてきたという事実の重さに耐えきれなくて、いつもうつむいて、うなだれて、被害者意識のかたまりで、まわりに目を向ける心の余裕がなかった。

それによって、わたしはどれだけお父さんやお姉ちゃんに、いやな思いをさせていたのだろう。

そんなわたしの物思いの間にも、まだ涙が引かずにうつむいているおばさんの背中をさすりながら、おじさんが話をしてくれている。

「……事故が起こったのは、隆介が家を出て、一時間も経たないころだった。そのすこし前から、急に雨が降りだしてなあ、しかもバケツをひっくり返したようなどしゃ降りだった。それで道がすべりやすくなってたんだろう。国道を走ってるときに、隆介のバイクは激しく転倒して、隆介は何メートルも飛ばされて……」

隆介さんのバイクのうしろを走っていた車のドライバーが事故を目撃していて、すぐに緊急通報をしてくれた。約十分後に到着した救急車によって、近くの大学病院に救急搬送された。

「おれたちのところにも、すぐに連絡がきた。母さんが家で電話を受けて、おれの会社に電話をかけてきて、震える声で、『隆介が事故に遭ったって警察から電話がきた、怪我をしてるらしい、今すぐ行かないと』って……信じられなかったよ。急いでみんなで病院に駆けつけたら、隆介は緊急手術中だった。何時間もかかって、やっと顔を見られた。全身包帯だらけで、点滴やらなんやらたくさんの管につながれて、人工呼吸器をつけられて、いくつもの機械に囲まれて……話をするどころか、視線をあわせることすらできなかった」

それから数日間、集中治療室で懸命の治療がおこなわれ、生死の境をさまよったけれど、残念ながら隆介さんの意識が戻ることはなかった。

脳に受けた衝撃が非常に大きく、手のほどこしようがない。生命維持の根幹の部分が活動を停止してしまっていて、今後もとに戻ることも見こめない。今日の夜までもつかどうか。いわゆる脳死状態だ、と診断された。

「……ショックで頭が真っ白で、現実に起こってるとは思えなくて……なんにも考えられなかった。そのあと、『臓器提供というものをご存知ですか』って、医者から訊かれたんだよ」

臓器提供。その単語をおじさんが口にした瞬間、わたしと景くんは目をあわせた。景くんの瞳には、言葉にできない、複雑な色が浮かんでいる。きっとわたしも同じだ。

「そのころはまだ、今みたいに臓器移植について広く知られてなくてなあ。おれたちも、脳死だとか、臓器提供だとか臓器移植だとか、どっかでちらっと聞いたことはあったが、もちろんよくわかってはいなかった。だから詳しい説明を聞きたいって言ったら、移植コーディネーターの方が来てくれてな、おれたちにもわかるように説明をしてくれた……」

臓器移植とは、『重い病気や事故などにより臓器の機能が低下した人に、他者の健康な臓器ととり替えて機能を回復させる医療です。第三者の善意による臓器の提供がなければ成り立ちません』。

臓器提供は、『脳死後あるいは心臓が停止した死後にできます』。

『公益社団法人 日本臓器移植ネットワーク』という団体のホームページでそう説

明されているのを、矢野さんがスマホで見せてくれた。

　そういえば以前テレビで、ふたつある腎臓のうちのひとつや、肝臓の半分を健康な人からとりだして、病気の家族に移植する、という手術について見たことがあった。そのときは、臓器って生きたままとりだせるんだ、腎臓ってひとつとっちゃっても平気なんだ、肝臓も半分になっても大丈夫なんだ、とびっくりしたのをおぼえている。

　でも、脳死状態での臓器提供というのは、それとはちがう。脳死状態、つまりまだ心臓が動いている、身体があたたかい状態で健康な臓器をとりだして、病気の人に提供する。ということは、臓器をとりだすことで、本当に死んでしまうということだ。

「……おれたちは、隆介が眠ったまま目を覚まさないっていう現実を受け止めきれないまま、ぼんやりと話を聞いた。憲介は、子どもながらにたいへんなことが起こったって理解してて、泣きながら母さんにしがみついてたよな」

　おじさんの聞いているだけでも、つらくて苦しかった。

　わたしも、景くんも、もううなずくことも、あいづちを打つこともできない。

　ある日突然、家族が事故に遭って、脳死状態です、もう二度と目を覚ますことはないでしょう、と言われて、そのショックの中で臓器提供の話を聞く。

想像しただけでも、あまりにつらい。現実かどうかも疑ってしまうくらいなのに、その命の終わりに向けて話を聞き、考えないといけないなんて。

でも、わたしと景くんには、この話に耳を傾ける義務がある。なにひとつ聞き漏らさないように、目を逸らさずに、話を聞かなきゃいけない。

わたしは膝の上でぎゅっと両手を握った。力をこめすぎて白くなったこぶしが、かすかに震えている。

「親としてはな、『隆介は事故でたくさん痛い、苦しい思いをしたんだから、これ以上、痛い思いはさせたくない』って思ったよ。小さいものだけど、すり傷や打撲だらけで、全身ぼろぼろだった。頭にも大きなこぶがあった。もうこれ以上、隆介の身体に傷を増やしたくなかった。隆介の身体から臓器が摘出されて、中身がからっぽになるなんて、考えただけでもつらかった」

おじさんがふとうつむいて、「でもな……」とつぶやき、目頭を押さえる。すると、おばさんが涙をこらえながら口を開いた。

「……あたしたちはなんにも知らなかったんだけどね、隆介は、『臓器提供意思表示カード』をもってたんだ」

わたしは目を見開いて、息をのんだ。

臓器提供意思表示カード。さっき見せてもらったホームページに、見本がのっていた。

自分がもしも病気や事故で脳死になったときや、死んだあとに、心臓や肺、肝臓、腎臓、膵臓《すいぞう》、角膜などを提供するかどうか。それを生前にカードに記入しておくことで、もしもの場合に、提供への意思表示をすることができる。もちろん、臓器提供はしない、という意思表示もしておくことができる。

「隆介の署名が入ったカードを見たらね、脳死後、心臓の停止後、どちらの場合でも臓器を提供するっていうところに丸をつけてあったよ。提供したくない臓器も選べるんだけどね、それには印はついてなかった。すべての臓器を提供するっていう意思表示だよ……」

おばさんの声がぐっと詰まり、両手で顔を覆った。

「それを見て……はっきりと署名してある隆介の字を見て、あたしはなんとも言えない気持ちになったよ……」

おじさんと矢野さんが同時に手を伸ばし、おばさんの肩をさすったり、背中を撫でたりしている。でも、おばさんを励ますふたりの顔も、苦しげに歪んでいた。

「正直ね、いやだった。隆介が死ぬなんて、考えたくもなかった。受け入れられなかった。あたしらは古い人間だから……まだあったかい血のかよってる隆介の身体を切り開いて、生きたまま臓器をとりだすなんて、ぞっとした。考えただけで、いやだった」

おばさんがゆっくりと顔を上げ、涙に濡《ぬ》れた瞳でわたしたちを見る。そして、

「でもね」と静かに言った。

「そのとき、あることを思いだしたんだ。隆介の事故を通報してくれた人が、警察に証言してくれて、それを警察の人があたしたち家族に教えてくれた。隆介は、バイクで走ってるときに、歩道から道路に飛びだしてきた野良の子猫をよけて、それでバランスを崩してスリップして、転んじゃったんだって……」

最後、おばさんの声は嗚咽にかき消された。

おじさんがうなずきながら口を開く。

「あいつは、動物好きで、生きものみんな大好きで、人も好きで。命あるものみんなに対して優しかった。車にひかれた猫だとか、路上で死んでる鳥や虫なんかを見つけると、見て見ぬふりなんて絶対にできなくて、家に連れて帰ってきて庭に埋葬してやってたなあ。本当に優しいやつだった……。優しいから、自分の臓器でだ

れかを救えるならって考えてたんだろう」

矢野さんも同意するようにとなりで深くうなずいている。

おばさんが顔を上げた。その顔には微笑みが浮かんでいる。

「あの子はねえ、『将来は人の役に立てる仕事がしたい、こまってる人がいたらすぐに助けられる人になりたい、自分にできることならなんでもしてあげたい』って、小学校の卒業文集に書いてたんだよ。臓器提供の話を聞いたとき、それもふっと思いだした」

「………だから、おれたちは、決めたんだ。隆介本人の意思を尊重して、隆介の臓器を提供することで、病気で苦しんでいるだれかの命を救える、それが隆介の願いだと思って………本当に苦しい決断だったけど、みんなで泣きながら、臓器提供に同意した」

身体の奥底から、涙がこみ上げてきた。

でも、わたしが泣くのはおかしい。だから必死にこらえる。

それでも、握りしめたこぶしが激しく震えてしまう。

すると、次の瞬間、力をこめすぎて血の気を失い、冷たくなった手が、なにかあたたかいものに包まれた。

はっと目を落とすと、ほっそりとした手がわたしの手の上にのっている。景くんの手だった。

となりを見上げる。彼は涙のにじむ目で、唇を嚙みしめながら、わたしにうなずきかけた。

わたしもうなずき返し、また視線を戻す。

「隆介が死んでしまうのは、悲しくて悔しくてたまらないけど、隆介の身体の一部が、だれかの身体の中で動きつづけてくれたら、隆介がこの世界のどこかで生きつづけるってことにもなる……そう思ったんだ」

わたしはこくこくとうなずく。その拍子に、とうとう涙があふれて、こぼれ落ちてしまった。あたたかいものが頰を伝っていく。

泣いちゃだめだ、と必死に言い聞かせていたのに、どうしてもこらえきれなかった。

これはわたしの涙なのか、それとも、わたしの中にいる、『べつのだれか』の涙なのか。

「……自分たちが息子の生死を決めるっていうのは、すごく苦しかったよ」

おばさんはゆっくりと瞬きをしながら、そう言った。

「臓器提供をするためには、脳死判定をしなきゃならない。判定しないかぎりは、脳死だというのは確定しないんだ。つまり、あたしらが臓器提供に同意することで脳死判定が行われて、隆介の生死が決まることになる」

ぜんぜん知らなかった。臓器提供をするドナーの家族は、こんな壮絶な決断を迫られるのか。

とてもつらい話だった。胸が痛い。息が苦しい。涙が勝手にぼろぼろこぼれてしまう。

でも、つらいからって、目を逸らすわけにはいかない。耳をふさいだらいけない。しっかりとまえを向いて、隆介さんを愛する人たちの話を聞かないといけない。この身体の奥深くまで、彼らの声を、言葉を、染みこませないといけない。この全身を流れる血に、彼らの愛情を届けないといけない。

それが、今ここに生きているわたしの、大事な使命だと思うから。

景くんの手に力がこもる。あたたかい。あたたかい血が流れている手のひらの感触。

彼もわたしとおなじ思いでいるはずだ。

わたしたちはおなじだから。あの夢でつながっているから。

「……世の中にはね、数は少ないけど、脳死状態と診断されてからも心臓は止まらずに、何年も生きつづけてる人もいるらしい。そういう話を、テレビで見たり本で読んだりすると、今でもねえ、ものすごく苦しくなる。あのときのあたしたち家族の決断は、まちがっていたんじゃないか、あたしたちが息子の寿命を奪ってしまったんじゃないか、臓器提供しなければ隆介も生きつづけたんじゃないか、もしかしたら目を覚ますことだってあったんじゃないか、って。何年経っても、後悔は消えてくれない……」

おばさんが目を上げて、天井のあたり——きっと、その向こうに広がる空を見つめながら、ふうっと大きく息を吐きだした。

それから、ゆっくりとこちらを見る。あたたかい、包みこむような微笑みが浮かんでいた。

「でも、こうやって、あんたたちに会えた……」

わたしと景くんは、同時にうなずいた。

涙がぼろぼろこぼれて、声にならない。

「はい。はい……」

うめくように答えることしかできない。

景くんがわたしの手をぎゅっと握り、かすれる声で、おばさんたちに言った。

「会えて、よかったです……」

おじさんと矢野さんも、おばさんとおなじように微笑みながら、わたしたちを見つめている。

その優しく愛おしげな微笑みが、わたしたちだけに向けられているものではないと、ちゃんとわかっている。

——隆介さん、見えますか。

心の中で、語りかける。

——あなたに向けられている、深い深い愛情に満ちた家族の顔が、見えていますか。彼らのあたたかい声が、聞こえていますか。

わたしは、どんなに涙で視界がにじんでも、絶対に目を逸らさないので、わたしたちが最後までしっかり聞き遂げるので、どうか、どうか、あなたにちゃんと届きますように。

おじさんが、「隆介の……」と、静かに口を開いた。

「……隆介の臓器の摘出手術が終わって、葬式ではみんなで『頑張った』、『えらかった』、『お前はおれたちの誇りだ』って見送って、すこしずつ落ち着いてきたころ……移植コーディネーターが手紙をもってきてくれた」

矢野さんが、わたしと景くんのまえに置かれた手紙を、そっと手で示した。

「これだよ」

わたしたちは静かにうなずき、目を落とす。

わたしのお母さんと、景くんのお母さんの筆跡。

「読んでも、いいですか……」

「もちろん!」

おじさんとおばさん、矢野さん、三人そろって笑顔でうなずいてくれた。

震える手で、封筒を開き、便せんをとりだした。

五枚にわたって、お母さんの字が、思いが、ぎゅうぎゅう詰めにならんでいた。

『ドナー様、ご家族の皆様へ

このたびは、生前のドナー様の心優しいご意思と、深い悲しみの中でご決断くださったご家族の皆様に、心よりお礼を申し上げます。

言葉では言い尽くせないほどの感謝の念でいっぱいです。

ドナー様からいただいた心臓が、わたしに新しい命を与えてくれました。

本当にありがとうございました。


わたしは高校生のときに、心臓の病気が発覚しました。

それまでもずっと体調が悪く、いつも身体がだるくて勉強にも集中できず、階段をのぼるだけでもすぐに息切れがして、なんでわたしはこんなにすぐに疲れてしまうんだろう、どうしてこんなに体力がないんだろう、みんなとおなじようにできないんだろう、と思っていました。

学校で体育の授業中に気を失って倒れたことがきっかけで、病院に運ばれて検査を受け、病気がわかりました。父も母も、気づいてあげられなくてごめん、と泣いていました。

心臓の負担を減らす薬を飲んでいましたが改善せず、心臓の動きをよくするための手術を受けることになりました。

手術は成功し、なんとか日常生活を送れるまでに回復して、一年遅れで高校に復帰しました。ときどき入退院を繰り返しながらも、勉強を頑張って、大学に入学することができました。

卒業後は就職して、そこで今の主人と出会って結婚し、翌年に女の子を出産しました。

しばらくは育児に家事に仕事にと忙しいながらも充実した毎日を送り、これから先もおなじような日々がつづいていくと思っていたのですが、娘が二歳になったころから、昔のようなだるさや疲れやすさを感じるようになりました。

検査の結果、心臓のはたらきが悪くなっている、と診断されました。手術前よりも数値が悪くて、このままでは回復の見こみはなく、薬では一時的に体調をごまかすことしかできない、なにもしなければ余命半年程度、という診断でした。

そして、根本的な治療法は臓器移植しかないと言われたとき、大きなショックを受けました。

臓器移植ネットワークに移植希望登録をするまでには、たくさん悩みました。

わたしはだれかの命をもらわないと生き延びられない。自分が生きたいと願うことは、だれかの不幸を待ち望むことになる。そう考えると、移植を希望することがつらく思えたのです。

ですが、わたしは、どうしても、まだ幼い娘ともっとたくさんの時間をともにすごしたい、元気になって思う存分に遊んであげたい、この子が成長していく姿を見届けたい、と思う気持ちを、抑えることができませんでした。

悩んで悩んで、それでも生きることを諦めきれずに、心臓移植の希望者リストに登録してもらうことにしました。


登録してからも、体調は日に日に悪くなり、入院の頻度が増え、期間も長くなり、幼い娘には寂しい思いをたくさんさせてしまいました。

そんな中で、なかなか臓器移植ネットワークからの連絡はなく、いつになったら手術を受けられるんだろう、わたしはこのまま死ぬんじゃないか、と毎日のように考えていました。

一年後、ドナーが現れたと突然の連絡を受けたときは、ずっと待ち望んでいた機会がやってきたという喜びを感じました。

でも、同時に、どなたかが脳死されたという悲しい現実と、そのご家族のお気持ちを思って、胸がつぶれそうになりました。

ドナー様は、わたしとおなじ二十代の方で、事故に遭われて脳死と判定されたのだと、担当の移植コーディネーターの方からうかがいました。

きっと、わたしとおなじように、これからの長い人生について、やりたいこと、行きたい場所など、たくさんの希望があったことと思います。ご家族の皆様も、これからもずっといっしょにすごすことを思い描いていたと思います。

それが突然の事故で未来を断たれてしまったドナー様とご家族の皆様のご無念を思うと、なんと申し上げればいいか、言葉もありません。

もしも我が子が同じ状態になったらと想像すると、悲しくて、苦しくて、涙があふれてきました。

大きな悲痛の中で、臓器提供という決断をなされたご家族の方々の尊いお気持ちを思うと、尊敬や感謝という言葉ではとうてい足りません。

ドナー様が、たったひとつの大切な心臓を提供してくださったおかげで、わたしは命をつなぐことができました。

幸い、手術のあと、拒絶反応もなく、長年苦しめられていた倦怠《けんたい》感やむくみ、不整脈もなくなって、どんどん体調がよくなりました。

一ヶ月ほどで退院して、今は毎日、普通に生活することができています。娘はとても嬉しそうにしてくれています。

娘とおしゃべりをしたり、いっしょにご飯を食べたり、甘えてくる娘を抱きしめるたびに、こうやって生きていられるのはなんて幸せなことだろう、と涙があふれてきます。

そのたびに、左胸に手を当てて、心臓の鼓動を感じ、ドナー様に「ありがとうございます」と伝えています。

ドナー様のおかげで、わたしは生き延びることができ、これからも愛する娘と、大切な家族といっしょにすごすことができます。

この感謝の気持ちは、一生、決して忘れません。

ドナー様からいただいた、かけがえのない尊い命の贈りものを、大切に大切にして生きていきます。

ドナー様に恥じないよう、まじめに、毎日を大切に、一生懸命に生きていきます。

本当に、本当に、ありがとうございました。
ドナー様のご冥福と、ご家族の皆様のご健康を、心よりお祈りいたします』

お母さんの手紙からは、言葉なんかでは伝えきれないくらいの、大きな大きな感謝の気持ちが伝わってきた。そして、だれかの死によってしか命をつなげない自分に対しての、苦しい気持ちも。

お母さんは、こんな人だったのか、と思う。

一度目は、気がはやって急いで目を通したので、もう一度、一枚目の便せんに戻って、最初から読み直す。

二度目は、ひと文字ひと文字、噛みしめるようにゆっくりと読み進めた。その間、わたしの脳裏には、仏壇の写真立てに飾られている笑顔のお母さんと、古いアルバムの中にある子ども時代のお姉ちゃんが、幸せそうに抱きあっている様子が浮かんでいた。

きっとお母さんは、本当に本当に愛おしそうに、小さなお姉ちゃんを抱きしめ、頰をよせて、幸せそうに笑っているだろう。お姉ちゃんも、満面の笑みで、大好きなお母さんに抱きついているだろう。

そんな、見たこともない姿を、想像していた。

家のアルバムの中には、お母さんとお姉ちゃんがいっしょに写っている写真がない。たぶん、お父さんが、お母さんといっしょに写った写真のないわたしに気をつかって、どこかに隠しているのだと思う。

きっとすこしまえまでのわたしだったら、たしかにそんな写真を見たら、いやな気持ちを抱いていただろうと思う。わたしはお母さんを知らないとか、お母さんに愛されていなかったとか、卑屈に考えて、落ちこんでいただろう。

でも、今は、ちがう。そんなふうには思わない。

むしろ、お母さんのことをもっと知りたい、と思う。

この手紙を書いたころのお母さんが、どんな暮らしをしていたのか。それだけじゃなくて、お姉ちゃんを産むまえや、結婚するまえのことも。

お母さんがどんな人間だったのか、もっともっと知りたい。

わたしは今までずっと、お母さんの話題をさけていた。お母さんのことを知ろうとしなかった。なんてもったいないことをしていたんだろう。

家に帰ったら、お父さんに、お母さんとお姉ちゃんの写真を見たい、見せて、と頼んでみよう。

そんなことを思いながら、となりを見る。

景くんは、便せんに書かれた文字を、涙を浮かべながら見つめていた。ときどき、手のひらで涙を拭っている。

手紙には、どんなことが書かれているのだろう。

景くんのお母さんは、今も元気に生きている。きっと、お母さんのことを思いながら、そして、お母さんが今も生きているのは、隆介さんと、今目のまえにいるおじさんやおばさん、矢野さんのおかげなのだという事実を嚙みしめながら、読んでいるんじゃないかな、と思った。

そのとき、わたしのまえに、もう一通、手紙が差しだされた。

淡い黄色の花柄の封筒だ。そして、お母さんの文字で、『ドナー様、ご家族の皆様へ』と書かれている。

どういうことか理解が追いつかなくて、「えっ」と目を上げると、おばさんが微笑みを浮かべてわたしを見ていた。

「あなたのお母さんからは、もうひとつ、手紙が届いたんだよ」

「え……？」

「たしか、最初の手紙が届いてから、二年くらい経ったあとだったね……」

お母さんの手術から二年後。ということは、手紙の中のお姉ちゃんの年齢から逆算すると、お母さんが亡くなる一年ほどまえのことだろうか。わたしはまだ生まれていないころだ。

「……ぜひ、読んでみて」

おばさんが優しい声でそう言った。

「はい……ありがとうございます」

わたしは黄色い封筒を受けとり、中から手紙をとりだした。

一通目と同じように、何枚もの便せんに、ぎっしりと文字が書かれている。

深呼吸をして、一枚目の一行目に目を落とした。

『ドナー様、ご家族の皆様へ

わたしは、二年前に、ドナー様から心臓をいただいた者です。

二年前は、わたしがお送りした、大きな感謝の気持ちをうまく伝えきれない、言葉足らずのつたないお手紙に、あたたかいお返事を送ってくださいまして、本当にありがとうございました。

わたしの健康と、娘の健やかな成長を祈ってくださるというお優しいお言葉に、読みながら、本当に涙がたくさん流れてきました。

今も、ことあるごとに読み返しては、胸があたたまり、力づけられて、毎日の暮らしを頑張る気力をいただいております。


このたびは、ドナー様とご家族の皆様に、どうしてもお伝えしておきたいことがあり、移植コーディネーターの方に、もう一度だけお手紙を送らせてほしいとお願いして、筆をとらせていただきました。

ご家族の皆様には、二度目のお手紙を受けとることを承諾してくださり、本当にありがとうございます。

このことをお伝えすべきかどうか、とても悩みました。

今でも、本当にドナー様とご家族の皆様にお伝えしていいものかわかりません。

この手紙を読んでどのようなお気持ちになられるか、とても不安で、もしかしたら深く傷つけてしまうことになるかもしれないと思うと、恐怖も感じます。

もし、次の便箋の最初に書いてある言葉を読んで、不快な気持ちになられたり、読みたくないと思われたりしたときには、この手紙は捨てるか、移植コーディネーターの方にお戻しください。

そして、もしもわたしに言いたいこと、ぶつけたい思いがあれば、わたしがすべて引き受けますので、お手紙でも、コーディネーターの方への伝言でも、わたしのほうへ伝えてくだされればと思います。

自分勝手なお願いばかりで、本当に申し訳ございません。


今、わたしのお腹の中には、新しい命が宿っています。

ふたり目の子どもです。

臓器移植のあとは妊娠は難しいと言われていたので、妊娠がわかったときには、飛び上がりそうなくらい嬉しかったです。

多くの困難を乗り越えて、わたしたち夫婦のもとに、わたしのお腹の中に来てくれたこの子の強さに、胸を打たれています。

ただ、心臓の移植手術を受けた女性が出産をするケースは、海外では報告されているそうですが、国内ではまだ前例がないそうです。

通常の出産よりもリスクが大きいのはたしかで、心臓にも身体にも、大きな負担がかかることになります。

両親からは、移植手術を受けたあとの身体で出産するのは危険だ、よく考えなさい、と反対されました。

せっかくいただいた命を危険にさらすべきではない、今ある幸せで充分じゃないか、高望みをしてはいけない。

はじめはわたしも、そう考えて、諦めるべきなのではないかと思いました。

ごめんね、わたしは産んであげられないから、一度お空に帰って、ほかのお母さんに産んでもらってね。

お腹の子にそうお願いして、今回の妊娠は諦めるべき。頭ではわかっていました。

でも、わたしは、どうしても、諦めきれなかったのです。

危険を承知の上で、どうしても産みたい。

たとえわたしの命と引き換えにしてでも、せっかくわたしたちのもとに来てくれたこの子を、この世に送りだしてあげたい。

そういう気持ちが抑えきれず、わたしは、産む決意をしました。


ですが、妊娠、出産の中で、もしもわたしの身になにかあれば、ドナー様とご家族の皆様の心優しい思いが、無駄になってしまうかもしれない。

ドナー様の尊い贈りもののおかげで命をつないでいる者として、すこしでも命の危険のあることは避けるべきです。

それでも、すでにお腹の中で生きている命を、必死に鼓動している小さな心臓を、止めてしまいたくないのです。

ドナー様からいただいた心臓に負担をかけ、危険にさらしてしまうかもしれないとわかっていながら、この子を産む勝手を、どうかお許しください。

わたしは、どんなに痛く苦しい思いをしようと、絶対にこの子を無事にこの世へ送りだしてみせる決意ですので、どうかお許しください。

このような勝手なお願いしてしまって、本当に申し訳ありません。ドナー様にも、ご家族の皆様にも、不快な思いや、悲しい、悔しい思いをさせてしまうかもしれないので、妊娠のことはお伝えしないほうがいいのではないかと、最後まで悩みました。

ですが、お伝えせずにいるのもおかしいのではないかと思い、今回、お手紙を書かせていただきました。

本当に勝手ばかりで、申し訳ございません。

移植手術が終わって、はじめて病院の外に出たとき、とても印象的だったことがあります。

世界が、本当に色鮮やかに、美しく、きらきらと輝いていました。

あまりにも明るくて、眩しくて、目を細めてしまうほど、世界がきらめいて見えたのです。

きっと、ドナー様のおかげで新しい命をいただけたから、生まれ変わったかのような、はじめてこの世界を見たかような気持ちになったのだと思います。

あのとき感じた美しいきらめきを、わたしは忘れられません。

お腹の子には、「きらら」という名前をつけることにしました。

この子は、ドナー様の尊いご意思と、ご家族の皆様の尊いご決断のおかげで、この世に生まれてくることができる子だからこそ、この美しい世界のきらめきを、自分の命のきらめきを感じながら生きてほしい。そんな願いをこめて、この名前を選びました。


わたしの気持ちとしては、絶対に無事にやり遂げるという決意のもとで出産に挑むつもりです。

でも、もしかしたら、わたしの身体は、出産に耐えきれないかもしれません。

そのときにも、生まれてきた子どもに、わたしの感じた命のきらめきが引き継がれ、ドナー様の命がこの先もずっとつづいていくよう、この「きらら」という名前を、この子に残していきたいと思います。

自分の話ばかりしてしまい、たいへん申し訳ございませんでした。

最後になりますが、ドナー様の安らかなご冥福と、ご家族の皆様が病気や怪我をされることなく健康な日々を送られますことを、心よりお祈り申し上げます』

『きらら』。

お母さんの手で書かれたその文字を、わたしは瞬きも呼吸も忘れて、じっと見つめる。

お母さんが、わたしの名前を、書いてくれている。

お母さんはわたしの名前を一度も書いたことがないと思っていた。お姉ちゃんの名前はたくさん書いたけれど、わたしの名前はその手で書くことのないまま、死んでしまったと思っていた。

でも、ちがった。

こんなにも大切な手紙に、こんなにもたくさんの思いをこめて、丁寧に丁寧に、『きらら』と記してくれていた。

これ以上のことなんてない、と思った。

手紙に書かれた『きらら』という文字を、わたしは、何度も何度も、指でなぞる。

お母さんがわたしを大切に思ってくれていたこと、ちゃんと愛してくれていたこと。

そのことが、「きらら」という名前をつけてくれたことと、こんなに大切そうに書いてくれていたことから、痛いほどに伝わってきた。

「……さっき、あなたが、名乗ってくれたときにね」

おばさんが静かに口を開いた。

わたしは目を上げる。おばさんの優しいまなざしに包まれた。

「最初に『きらら』って名前を聞いたときに、あれ？　って思ったんだよ。すぐにお母さんからの手紙のことを思いだしたよ。そんなによくある名前じゃないでしょう。それに、手紙をもらった時期から計算したら、年もちょうどそのくらいかもって……」

わたしは、「はい」と答える。胸がつまって、うまく言葉が出てこない。

きた。

「お母さん方は、元気にしてらっしゃるかい」

おじさんが目を細めて、柔らかい表情で、わたしと景くんを交互に見てたずねて
景くんは一瞬動きを止めて、気づかわしげな表情でわたしを見たあと、

「はい。おかげさまで……」

潤んだ声でそう言って、深々と頭を下げた。

「十八年前、母の命を救ってくださり、ありがとうございました。そのおかげで今、母は毎日笑顔で、元気に生きています。本当に本当に、ありがとうございます」

「そうかい。それはなによりだ。隆介も空の上から喜んでるだろう」

景くんが「はい」とまた頭を下げて、それからわたしを、どこか申し訳なさそうにも見えるまなざしで、じっと見つめる。

わたしは微笑みを浮かべて「大丈夫」と景くんにうなずきかけ、それからおじさんとおばさん、矢野さんに向き直った。

大きく息を吸いこんで、ゆっくりと吐きだして、口を開く。

「……わたしの母は、わたしを産んで半年後に、亡くなりました」

三人の目が、大きく見開かれた。

「……ごめんなさい」

隆介さんがつないでくれた命を、隆介さんがくれた心臓を、無駄にしてしまった。

そんなふうに思われてしまうのではないかと思った。

わたしが生まれたせいで、お母さんの命も、隆介さんの命も、終わってしまった。

みんなに愛されていたふたりの命が、わたしひとりのせいで。

そんなわたしの思いをかき消すように、おばさんがわたしの肩を、とんとん、と優しく叩いた。

「馬鹿だねえ。なんで謝るんだい」

本当だよ、とおじさんが同意するように大きくうなずいている。

「おれたち家族が、この手紙を……きららちゃんのお母さんから二通目の手紙をもらったとき、どういう話をしたと思う？」

「え……」

わたしは息をのみ、それから思わずうつむいた。

聞くのが怖かった。どんな言葉が返ってくるのかと想像して、こめかみに冷や汗がにじむ。

「あの……」

かすれた声で、言葉にならない返事をする。

「きららちゃん……」

景くんが、また、わたしの手を握ってくれた。あたたかい両手で包みこむように。

そのぬくもりに励まされて、わたしはまた、まえを向く。

おじさんは、笑っていた。

「やったあ！　って叫んだよ」

「……？」

「なんてめでたいんだ！　って、家族みんなで抱きあって喜んだ」

「え……っ」

予想とは正反対の言葉が返ってきて、わたしは目を見張った。

おじさんが優しく微笑んでうなずく。

笑った顔が、矢野さんによく似ている。もしかしたら、隆介さんもこんなふうに、目じりをくしゃくしゃにして優しく笑う人だったのかもしれない。

「隆介は、結婚することも、親になることもないまま、逝っちまったからなあ……。あの子は昔から子ども好きで、将来自分の子どもができたら、あんな遊びをしよう、こんなところに連れていってやろう、って楽しそうに語ってたからな、残念だっただろうって思ってたんだ。でも、隆介の身体の一部をもらってくれた人が、新しい命を宿したなんて、こんなに嬉しいことがあるかって……みんなで泣きながら喜びあったよな」

おばさんも矢野さんも「そうだよ」とうなずいてくれる。

そして、おばさんが、懐かしそうに目を細めてつづけた。

「お母さんにはね、『申し訳ないなんて思う必要はまったくない、うちの家族全員が、遠い空の下から無事を祈っている、だからどうか安心して元気な赤ちゃんを産んでください』って、そう返事を書いて、すぐに送ったんだよ。『ありがとうございます、頑張ります』って返事がすぐに来たよね」

「そうだったなあ。それきり手紙もなかったから、てっきり無事に出産して、かわいい娘ふたりの子育てで毎日忙しくしてるんだろうなって思ってたんだが……そうか、亡くなって……」

おじさんが小さくうめいて、親指で目もとを押さえる。となりでおばさんも手の甲で涙を拭っていた。矢野さんはタオルでごしごしと顔を拭いている。

みんな、お母さんのために、泣いてくれているのだ。

会ったこともないお母さんのために。

「……臓器移植のあとって、すぐに普通と同じように健康になれるわけじゃないんだよな」

おじさんがまた口を開いた。

「手術を終えて退院したあとも、体調を崩して何回も入退院を繰り返したり、拒絶反応が起こらないように免疫抑制剤を一生飲みつづけなきゃいけなかったりするんだろう。移植手術が成功したら、それで終わりってわけじゃない。また新しい戦いがはじまる……」

ほんとにねえ、とおばさんがうなずいた。

「ずーっと病気と戦ってきて、臓器移植っていう大きな手術を受けて乗り越えて、そして、新しい命までこの世に送りだした。きららちゃんのお母さんも、景くんのお母さんも、本当にすごい人、強い人だよ。立派な人だよ」

わたしと景くんは、同時に、ゆっくりと首を振った。

お母さんを褒めてもらえて嬉しいという気持ちと、隆介さんとおばさんたちはもっとすごい、という気持ちだった。

「ふたりが子どもを産んでくれたことで、こうやって隆介の命がつながってるんだ。これからもつながっていくんだ……あたしらにとっては、この上なく嬉しいことだよ」

そんなふうに言ってもらえるのか。わたしが生まれたことを、生きていることを、嬉しいと言ってくれるのか。

今日はじめて会った人たちが、十六年前、わたしがこの世に生を受けたことを、抱きあって喜んでくれていた。

そんなことが、そんな奇跡みたいなことがあるのか。言いようもない不思議な感慨が胸をいっぱいにする。

ゆっくりと呼吸をしていると、おばさんがふいに手を伸ばして、「きららちゃん」と呼びかけ、わたしの頭に手をのせた。

「きららちゃんは、生まれてすぐにお母さんを亡くしちゃったんだね。今までずっと、寂しい思い、つらい思い、たくさんしてきたでしょう」

わたしははっと息をのみ、それから首を横に振る。

おばさんたちのほうが、わたしよりもずっと、寂しくて、つらかったはずだ。もちろん比べるものじゃないけれど、やっぱり、今日の話を聞いたら、その苦しみは想像を絶するものだと思った。

それなのに、おじさんもおばさんも矢野さんも、優しい優しい微笑みを浮かべて、わたしを見つめてくれている。

「きららちゃんも、立派な子だ。さすがあのお母さんの娘だ。……生まれてきてくれて、いろんな困難に耐えて、今まで生き抜いてきてくれて、ありがとうね」

今度はおじさんが景くんに手を伸ばし、くしゃくしゃと髪をかきまわす。

「景くんも」

景くんは「はい」としっかり前を向いて応える。

「ふたりとも……隆介の命を、つないできてくれて、本当にありがとう」

「おかげで、隆介に、もう一度会えたよ……ありがとう」

わたしは首を横に振った。何度も何度も振った。

わたしはそんなふうに言ってもらっていいような人間じゃない。

自分の命も、お母さんの命も、重荷に思って、なければ楽なのにと思って、ないがしろにしていた。

生まれてこなければよかった、なんて思って、口にも出してしまって、そうやって知らない間に、隆介さんの命もないがしろにしてしまっていた。

どうして、あんなこと思ってしまったんだろう。

たくさんの人に大切にしてもらって、やっと生まれてきた命なのに。

「……ああ、本当に、夢みたいだねえ」

おばさんが泣き笑いを浮かべながら言った。

矢野さんがうなずき、それから明るく笑って言う。

「こんな奇跡みたいなこと、あるんだな。たまたま知りあった子たちが、まさか兄貴のレシピエントの子どもさんなんてな。……運命って言葉、まさにこういうときに使うんだろうな」

笑っているけれど、その目は潤んでいた。

「そうだねえ。本当に、運命だね」

おばさんが噛みしめるようにつぶやく。

「きららちゃんが、景くんが、隆介の身体の一部をもらってくれて、生かしつづけてくれた人の、子どもなんだね。命はつながっていくんだ……。隆介の命が、今もまだ、つながってるんだ……」

隆介さんと彼の家族の優しさが、わたしと景くんのお母さんの命をつないでくれた。そしてわたしたちはこの世に生まれてくることができた。

たくさんの奇跡が重なって、わたしたちはここにいる。

生まれてこなければよかったなんて、わたしはもう二度と思わないだろう。

隆介さんの話を聞いて、そんなことを思えるわけがなかった。

*

ひとしきりみんなそれぞれに涙を流し、ときどき言葉を交わしながら、場の空気がやっと落ち着いてきたころ、わたしと景くんは、ほぼ同時に、目のまえの絵本に視線を落とした。

「……僕たちの見ていた夢は、隆介さんの記憶なんだ……」

彼の言葉に、わたしもうなずく。

「こんな不思議なことがあるんだねえ……」

おばさんが、信じられないという声音で言った。わたしは「本当に不思議ですけど」とつづける。

「わたしも、景くんも、隆介さんの身体の一部で生かされたお母さんのお腹の中で育って、お母さんの血が流れてるから……」

血液は、全身を巡っている。わたしのお母さんの中では隆介さんの心臓を、景くんのお母さんの中では隆介さんの肝臓を通った血が、全身を流れている。

「だからきっと、わたしたちの中に、隆介さんの記憶が残っていて、それを夢に見ていたんだと思います」

景くんがうなずいた。

「たぶん、隆介さんにとって、いちばん大切な記憶が、僕らの中で生きつづけてるんです」

おじさんも、おばさんも、矢野さんも、絵本をじっと見つめている。

「………隆介が入院してるときにね」

おばさんが絵本の表紙を優しく、本当に優しく撫でながら話しはじめた。

その手つきを見ただけで、なぜだか胸がいっぱいになり、また涙がこみ上げてくる。

「お医者様から、言われたんだよ。『意識はなくても耳は聞こえていると言われています。たくさん話しかけてあげてください。きっと聞こえていますよ』ってね。だから、入院してるあいだ毎日、隆介の耳もとで話しかけてたんだ。『痛かったね、苦しかったね、頑張ったね。ゆっくり休んでいいんだよ。たっぷり休んだら、目を覚ましてね』って……」

どんな気持ちでおばさんがそう隆介さんに語りかけていたのかと想像すると、せつなかった。

「事故の翌日、隆介が入院してる病院に、憲介が家からこの絵本をもってきてね。隆介はこの絵本が本当に大好きだからって……お父さんがつくってくれた絵本の内容も、あたしが毎日読み聞かせてたことも、いちばんあったかくて大事な思い出だって、憲介に語ってたんだって。だからね、臓器の摘出手術をする直前まで、ずーっとベッドの横に座って、『にじいろのくに』を読んでやってた。あの子が子どもだったころを思いだしながら……。聞いてくれてたのかな、隆介は……」

矢野さんが「聞いてたに決まってる」と力強くうなずいた。

「兄貴が事故に遭ったとき、おれはまだ子どもだったけど、年の離れた優しい兄貴のことが大好きだったのはよくおぼえてるよ。兄貴はさ、おやじが描いてくれた絵本が、『にじいろのくに』が大好きで、大きくなってからもときどき読み返してた。懐かしそうな、嬉しそうな顔してさ。小さいころのおれにも、『これ、兄ちゃんのいちばん好きな本だぞ』って言って、よく読み聞かせてくれてたよ。『何百回も読んだから、目をつぶっても読めるぞ』って自慢げに笑って、本当に絵本を見ないで読み聞かせてくれた。あとからおれも字が読めるようになったときにわかったんだけど、絵本に書いてある内容よりもずっと詳しく、細かく、まるで本当に虹色の国に行ったことがあるみたいな語り口で話してくれてたんだ」

「絵本よりも詳しく……？」

思わずたずねると、矢野さんが大きくうなずいた。

「そう。たとえば、『虹色の原っぱを歩いてたら、つま先にこつんと石が当たって、拾いあげてみたら半透明の虹色の石で……』とか、『虹色の海で泳いでたら、ふっとなにかが触れて、見あげたらきれいな人魚の尾びれがひらひら水の中で踊ってて……』とかなあ」

わたしと景くんは、ぱっと顔を見あわせた。夢の中でわたしたちがとった行動と、わたしたちが見た光景と、まったくおなじだ。

「それくらい大好きな話だったんだな。……本当に本当に大事にしてて、大好きだった」

矢野さんは絵本のページを開き、空にかかる大きな虹の絵を指でなぞりながら言う。

「だからおれは、兄貴が好きだった虹色の絵を、描きつづけようって思ったんだ。

兄貴は虹色が大好きだから、虹色の絵を描いてたら、空からでも見えて気づいてくれるかなって思ってさ」

おばさんが矢野さんの手から絵本を受けとり、懐かしそうに一ページ、一ページめくっていく。

「ただの素人の絵本を、そんなに気に入ってくれてたなんてね」

おじさんに目配《めくば》せをして、おかしそうに笑った。おじさんも「本当だな」と笑う。

すると景くんが「きっと」と口を開いた。

「きっと、ご家族みなさんとの思い出がつまった絵本だから、大切だったんですよ」

「家族みんなとの思い出……」

「そうです。お父さんが自分のためにつくってくれた、お母さんが自分のために読み聞かせてくれた、そして自分が大好きな弟に読み聞かせてあげた。家族全員との思い出がつまってるから、すごくすごく大事で、本当に大事で、……今でもその記憶を大切におぼえているから、僕たちにも夢で見せてくれたんだと思います」

景くんの言葉に、おじさんが何度もうなずいた。

「……命の形が変わっても、それでも、まだ、おぼえてくれてるんだな。そんなにおれたち家族のことを愛してくれてたんだな……」

もちろんです、と言葉が飛びだしかけたけれど、わたしは口を閉じた。

そんなことは、わたしに言われなくても、彼らがいちばんわかっているだろう。

「隆介」

おばさんが、隆介さんの愛した絵本を胸に抱き、愛おしげに名前を呼んだ。

「隆介、会いにきてくれて、ありがとうね。あたしたちも隆介のこと、ずっとずっとおぼえてるよ……」

7

臆病な僕らの明日

＊

『にじいろの花』を出て、真っ青な空を見上げた瞬間、ああ、なんてきれいなんだろう、と思った。

世界は、こんなにも美しく、きらきらと明るく輝いている。

再び電車に乗って、いつもの駅で降りたわたしたちの足は、自然といつもの展望台に向かった。

青空の下に広がる街の景色。それがこんなにも美しく見えたのは、はじめてだった。

わたしと景くんは、泣き腫らした目で、世界を見つめる。

「……わたしたちが、今こうして、あたりまえのように呼吸をして、心臓が鼓動して、世界を見られるのは、隆介さんからの命の贈りもののおかげなんだね」

わたしがつぶやくと、景くんは「うん」とうなずいた。

「……わたしは、今まで、なんにもわかってなかった。なんにも考えないで、せっかくつないでもらった命を無駄にして生きてきたと思う」

「でも、僕たちは、今日、知ることができたから」

景くんがそう言って、わたしの手を握った。

「それに、無駄にしてきたなんて、考えなくていいんだよ」

彼はわたしの手の感触をたしかめるように、何度も握りしめる。

同じ命が流れているからだろうか、わたしたちの手は、まるでずっとまえからそうだったみたいに、触れあっていることが当然だと思えた。

「矢野さんたちが言ってたでしょう。『頑張らなくていい、気負わなくていい』って」

わたしは、「うん」とうなずき、別れ際におばさんたちがくれた言葉を思いだす。

『隆介のことを聞いたからって、隆介の命が無駄にならないようにとか、隆介の気持ちに報いるためにとか、そんなふうに考えて、無理して頑張らなくてもいいんだからね』

『ああ、そうだよ。おれたちも、きっと隆介も、頑張ってほしいなんて思ってない。

ただただ、幸せになってほしいだけだ』

『そうそう。気負わなくていいからな。兄貴はさ、いつもおれに、頑張りすぎんなよって言ってくれてたよ。頑張りすぎて身体や心の調子を崩しちゃったらもともとも子もないんだから、マイペースに、やれる範囲でやればいいよって』

『まあ、そんなこと言ってるから、あいつは夏休みの宿題なんかぎりぎりで、最終日にひいひい言いながらやってたけどな』

『あはは！　そうだったねえ。優しいけど、ちょっとだらしないところもあった。まあ、人間、そんなもんさ』

『うんうん、そうだ。完璧な人間なんかいない』

『そう！　だから、気負わず、頑張らず、まあとにかく、楽しく幸せにやってくれ。な、頼んだぞ』

『もしもなんかつらいこととか、悩みごとがあったら、この店に来な。あたしたちは一生、あんたたちの味方だからね。いつでもおいで』

『おれたちはもう、君たちの家族だ』

三人そっくりの優しい笑顔で、そう言って見送ってくれた。

その中に、自然と、隆介さんの笑顔も見えた気がした。

あたたかい人たちだった。

「でも、だから、やっぱり、頑張るよ」

わたしは空を見上げて言う。

「だれかのためとか、だれかに言われたからとかじゃなくて。わたし自身が、自分のために、そう思うから」

景くんが、ふふっと笑った。

「そうだね。僕も、そう思う。……頑張って、変わらなきゃ」

「ええ？　景くんはこれ以上頑張ることなんて、ないんじゃない？」

勉強もできて、絵も上手で、優しくて、人当たりもよくて。彼には、これ以上、変わらないといけないところなんてなさそうだ。

でも、景くんは首を横に振った。

「あるよ……ある」

すこし目を伏せて、どこか寂しげな笑みを浮かべている。

「いっぱいある……」

「……どんな？」

訊いてもいいのかわからないけれど、訊いてしまった。

「そうだな……まずは、逃げ癖をなんとかしなきゃ」

彼は今度は眉を下げて、情けないような笑顔になる。

「逃げ癖……？」

そう、と景くんが小さくうなずく。

「情けないけど、僕は、だめだなって思うとすぐ逃げちゃうところがある」

そんなふうには見えないけど、と思いつつも、わたしは黙ってつづきを待つ。

「僕ね、中学までは、そこそこ勉強ができるほうだったんだ。いつもテストの学年順位は一桁とかで、勉強は得意だと思ってた。だけど、高校に入ったら、僕よりもできる人がたくさんいて。最初のテストで、それなりに頑張って勉強したつもりだったけど、結果は学年百何位とかでね。あー、なんか、そもそもの頭の出来がちがうんだな、僕なんていくら頑張ったって絶対かなわないなって、自分に見切りをつけちゃったんだ」

それは、県下一の難関校なんだから、しょうがないんじゃないか。百位でも充分にすごいと思う。

わたしはそう思うけれど、きっと、彼には彼なりの考えがあるのだろう。

「さいわい僕には絵があったから、頑張っても限界の見えてる勉強はそこそこにして、残りの時間は絵に使おうって思って、それからは最低限の勉強だけにして、あとはずーっと絵を描いてた。でも、今思えば、それは、苦しい思いをすることから逃げてただけ、絵に逃げてただけだって、気づいたんだ」

かっこわるいね、と景くんは笑う。

「だけど、絵だけ描いて生きるわけにはいかない。僕は、できれば美大に行きたいって思ってるんだけど、美大の受験も、絵さえ描ければいいわけじゃない。僕が行きたいなって思ってるところは、学科試験もけっこう重要なんだ」

「そうなんだ……」

「うん。でも、学科が無理そうなら諦めるしかないか、ほかにも美大はあるし、って思ってた。本気でやってみようとも思わなかった。本気を出してもぜんぜんだめな自分を思い知らされるのがこわかった……だから、自分の限界を勝手に決めて、勝手に諦《あきら》めて、楽なほう楽なほうに逃げちゃってたんだ」

景くんは眉を下げて、「なまけものでしょ」とすこしおどけた。

わたしはなにも言えずに彼を見つめ返す。

景くんにそんな悩みがあるなんて、思いもよらなかった。

すべてに恵まれていて、悩みなんてひとつもなくて、絵という取り柄があって、わたしとはまったくちがう人種だと思っていた。そんなことはないんだな、と思う。だれにだって、ひとには見せないけれど、心の中に秘めている考えや悩みがある。

悩んでいるのは、自分だけじゃない。

わたしだけが苦しいわけじゃなかったんだ。

「だけど、今日の話を聞いて……隆介さんのことを聞いて、母さんの手紙を読んで、『ああ、僕って本当にだめだな、もっと頑張らなきゃな、もっと頑張れるんだから、頑張らなきゃな』って、すごく思った」

わたしは「うん」とうなずく。

おなじように、わたしも思った。

このままの自分じゃだめだ。

変わらなきゃ。

自分の可能性を、自分の限界を、自分で決めるのは、とても楽だ。限界を決めてしまえば、それ以上は頑張らなくてもよくなるから。高いハードルに挑戦しなくてよくなるから。

ときには、自分の心や身体や未来を守るために、そうやって限界を見定めることが必要なこともあるだろう。

でも、わたしは——きっと景くんも、挑戦するまえに諦めてしまっていた。

まだまだ頑張れる余力があるのに、まだまだ成長できる余白があるかもしれないのに、それを自分自身で塗りつぶしてしまっていたのだ。

臆病だった。

わたしも、景くんも。

臆病だから、傷つかないように予防線を張って、あるかもしれない未来から目を逸らしていた。

でも、そんなの、もったいない。

「——まだまだやれるはずだよね。今まで使わずにいた力を、これからは思いっきり使わなきゃ」

わたしがそう言うと、景くんが、「同感！」と笑った。

心から『楽しく幸せに』生きていくために、わたしたちには、もっともっとやれることがある。

おなじ熱をもった手の、小指と小指をしっかりと絡めて、「やってみよう」と約束しあう。

わたしたちを包む世界が、目映いほどに鮮やかな、そして優しい虹色に輝きだした。

きらら。きらら。

自分の名前を、何度も何度も心の中で呼ぶ。

『わたしには、お母さんからもらったものなんて、ひとつもない』

ずっとそう思っていた。

あまりにもひどい勘ちがいだった。

わたしには、お母さんからもらった命がある。

お母さんが願いをこめてつけてくれた名前がある。

それはなんて幸せなことだろう。

なにものにも代えられない、大きな大きな贈りものだ。

わたしは、きっと、もう二度と、自分の存在を、自分の名前を恥じたりしない。

お母さんの愛を、疑ったりしない。

これからは、胸を張って、『わたしの名前は緒方きららです』と名乗ろう。今までのぶんまで、この名前を大切にしよう。

この命を大切に大切にして、生きていこう。

そうだ。生きていかなきゃ。

わたしは今日、生まれてはじめて、心の奥底から、思った。

わたしは、生きなきゃいけない。

この命は、わたしだけの命じゃないから。

わたしは、今までずっと、お母さんの命まで背負って生きている、と思っていた。

でも、ちがった。わたしが背負っているんじゃない。わたしは、背負われているのだ。

わたしの命は、これまでに積み重ねられた、たくさんのものの上にある。

わたしを命懸けで産んでくれたお母さんの命だけじゃなく、お母さんの命を救ってくれた隆介さんの命も。

そして、お母さんを亡くして男手ひとつでわたしたちを育ててくれたお父さんの思いと、お母さんの代わりになろうと子どもながらにわたしに大事なことを教えてくれたお姉ちゃんの思い。

突然の事故で奪われた大切な人の命が、今までとはべつの形になってもどこかでつづくことを願った、隆介さんの家族の思い。

そして、おじいちゃんやおばあちゃんの命、ひいおじいちゃんやひいおばあちゃんの命、そのもっと先の、わたしの知らない命たちも。

今につながるたくさんの命や思いが積み重なった上に、わたしはいる。

わたしの命は、たくさんの命に背負われている。

だから、生きなきゃいけない。

わたしの命は、無価値なんかじゃない。

たとえどんなにわたしが、なんの取り柄もない役立たずでも、わたしには、ここにいる意味がある。価値がある。たくさんの命に背負われて生まれてきた、そして生きてきた、という価値がある。

生まれてきただけで、生きているだけで、意味がある。価値がある。

自分の存在は無価値で無意味だなんて、思っちゃだめだ。そんなふうに卑下するのは、わたしの命をつないでくれたたくさんの命に対して失礼だ。

ちゃんと自分の命の価値を、生きる意味を、真正面から認めて、受け入れて、ちゃんと生きる。

それが、わたしを背負ってくれた命に報いることになるのだ。

先の見えない未来へと歩いていくのは、こわい。

臆病なわたしたちは、きっとまた震えて、足がすくんでしまうこともあるだろう。

でも、もう大丈夫。

どんなにこわくても、わたしたちはもう、前を向いて歩けるはず。自分の命のきらめきを知ったから。

そうしてわたしたちは、今日も震えながら、明日へ向かって、生きていく。


【完】

あとがき

このたびは、数ある書籍の中から『臆病な僕らは今日も震えながら』を手にとってくださり、誠にありがとうございます。

人にはあらゆる悩みがありますが、なかでも家族関係の問題、家庭の問題というのは、本当に解決や改善が難しいものだと思います。

たとえば友人関係がうまくいかないのならその友達と距離をおく、学校が合わないのなら学校を変えるという解決法があります（と口で言うのは簡単だけれど、実際にこれらを決断し行動にうつすには、本当にたいへんな労力が必要で大きな心労がかかるというのは、もちろん承知しています）。

でも、家庭の問題の場合、たとえば家族と距離を置くだとか、家を出て独立するだとかいう解決法は、特に未成年の学生にとってはほとんど実現不可能に近いものので、そういったやりかたで解決するのは非常に稀なケースだと思われるからです。

（ただし、未成年の方でも、身体的虐待・心理的虐待やネグレクトなどによって家庭で生活ができない場合には、児童相談所や子どもシェルター・自立援助ホームなどの支援を受け、独り暮らしができる部屋や生活費を稼げる仕事を見つけることができれば、家族から離れて独立して生きていくことは可能ですので、もしもあなたの生命や未来がおびやかされるような環境に今いるのであれば、ぜひお住まいの地域に未成年の自立を支援してくれる制度や民間団体がないか、調べてみてください。)

家庭の問題のせいで精神的に不安定になっていて、それが原因で友人関係や学業面もうまくいかないなど学校生活にまで悪影響が及んでいるという生徒を、教員時代に何人も見てきました。なんとかしてあげたい、なんとかしなければと思っても、たとえばクラス内の問題だとか部活内の問題だとか、周囲の大人が介入しやすい問題に比べると、家の中の問題というのはとても扱いが難しく、立ち入ることが難しく、無力感に苛まれることばかりでした。

でも、だからこそ、当人にとっては本当に逃れがたく、救いを求めづらく、苦しくつらい重大な問題だと言えます。

これまでにも何度か、家族関係の悩みを抱えている学生の葛藤を書いたことはありましたが、今度はそれに正面から向き合ってみよう、と思って本作を執筆しました。

この物語の主人公・きららは、ある事情から非常に内向的で自分に自信をもてず、自分の存在を否定しながら生きてきました。とても悲しい生き方です。でも、きららと同じような否定的な感情を自身に抱えて生きている方は、少なくないのではないでしょうか。

『自己肯定感』というのは、友情、恋愛、部活、趣味、仕事など、いろいろな場面でいろいろな形で育まれうるものだと私は考えていますが、なにより幼いころから継続的に受けてきた家族からの愛情によって得られる肯定感というのが、やはり割合としても比重としても、どうしても大きいものになるだろうと思います。

そうすると逆に、家族関係がうまくいっていない場合や、子どもに対する愛情が希薄な（あるいは愛情表現が苦手な）親に育てられた場合は、自己肯定感を育むのが非常に難しいということになります。

本作の主人公・きららも、家族からの愛情を信じられず、愛されている実感を得られず、そのことが自己否定感、自分の存在そのものに価値を見いだせない原因になっています。

家族というのは、血がつながっていたり、ずっと一緒に暮らしていたりするからこそ、誤解やすれ違いも起こりやすいのではないかと思います。もしも赤の他人が相手であれば、誤解のないようにしっかりと言葉にすることも、家族相手には『言わなくてもわかっているだろう』と考えてわざわざ口に出さなかったり、あるいは照れくさくて言えなかったりするからです。

小さなすれ違いなら自然と解消することもありますが、誤解や勘違いが積み重なって、大きな大きな亀裂が生じてしまうこともあるでしょう。

でも、ほんの少し本心を言葉にするだけで、なにかひとつ行動を起こすだけで、実は解決できる問題も、そこにはあるかもしれません。

この本を手にとり、きららの葛藤と成長を見届けてくださった読者様が、もしも今悩んでいることや苦しんでいることを解決しようと動き出すきっかけになれたら、それほど嬉しいことはありません。

きららの物語が、誰かの勇気になれたら幸いです。

汐見夏衛

本書は書き下ろしです。

本作品はフィクションです。実在の個人、団体とは一切関係ありません。（編集部）

実業之日本社文庫　最新刊

赤川次郎
花嫁は歌わない
亜由美の親友・久恵が、結婚目前に自殺した。殿永刑事から、ある殺人事件と自殺の原因が関係していると聞いた亜由美は、真相究明に乗り出していくが……。
あ 1 22

加藤 元
カスタード
街の片隅に佇むお弁当屋。そこを訪れるのは、心の奥底に後悔を抱えた人々。ささやかな「奇跡」が、彼らを心の迷宮から救い…。ラスト、切ない真実に涙！
か 10 1

今野 敏
終極 潜入捜査〈新装版〉
不法投棄を繰り返す産廃業者は、テロ・ネットワークの中心だった。元マル暴刑事が、拳ひとつで環境犯罪に立ち向かう熱きシリーズ最終弾！（対談・関口苑生）
こ 2 19

汐見夏衛
臆病な僕らは今日も震えながら
生きる希望のない孤独な少女には、繰り返し夢に現れる「ある風景」があった。そこに隠された運命とは!? 汐見夏衛史上、最も切なく温かい「命と再生」の物語！
し 8 1

似鳥 鶏
名探偵誕生
神様、どうか彼女に幸福を——僕が事件に出会うたびに助けてくれたのは、隣に住む名探偵だった。精緻なミステリと瑞々しい青春が高純度で結晶した傑作。
に 9 1

実業之日本社文庫　好評既刊

伊坂幸太郎
フーガはユーガ
優我はファミレスで一人の男に語り出す。双子の弟・風我のこと、幸せでなかった子供時代のこと、「アレ」のこと。本屋大賞ノミネート作品！（解説・瀧井朝世）
い12 2

北川恵海
真夜中のメンター　死を忘れるなかれ
彼の肩書はメンター。自殺志願少年、足を引っ張りたい女など、客の相談を聞き、解決に乗り出すが……。すべての悩める人に贈る、人生応援ストーリー！
き6 1

倉阪鬼一郎
24時間走の幻影
24時間耐久マラソンレース。真夜中になるとコースに怪しさが漂いはじめ、そこに現れたのは……。本格ランナーの著者が描く、不思議で切ない感動ストーリー。
く4 10

小鳥居ほたる
あなたは世界に愛されている
不器用な娘と母は、時を超え、かりそめの姉妹になった。それは運命のいたずらか、それとも愛の奇跡か？　切ない想いが突き刺さり号泣必至、あたたかい絆の物語。
こ7 1

今野　敏
臨界　潜入捜査〈新装版〉
原発で起こった死亡事故。所轄省庁や電力会社は、暴力団を使って隠蔽を図る。元刑事が拳ひとつで環境犯罪に立ち向かう熱きシリーズ第5弾！（解説・関口苑生）
こ2 18

沢里裕二
処女総理
中林美香、37歳。記者から転身した1回生議員。彼女のもとにトラブルが押し寄せる。警護するのはSP真木洋子。前代未聞のポリティカル・セクシー小説！
さ3 15

実業之日本社文庫 し81

臆病《おくびょう》な僕《ぼく》らは今日《きょう》も震《ふる》えながら

2021年12月15日　初版第１刷発行
2024年８月29日　初版第13刷発行

著　者　汐見夏衛《しおみなつえ》

発行者　岩野裕一
発行所　株式会社実業之日本社
〒107-0062　東京都港区南青山6-6-22 emergence 2
電話［編集］03(6809)0473［販売］03(6809)0495
ホームページ　https://www.j-n.co.jp/

ＤＴＰ　ラッシュ
印刷所　大日本印刷株式会社
製本所　大日本印刷株式会社

フォーマットデザイン　鈴木正道（Suzuki Design）

ISBN978-4-408-55694-9（第二文芸）